LUA DE LARVAS

LUA DE LARVAS

Sally Gardner

Tradução de
WALDÉA BARCELLOS

Esta obra foi publicada originalmente em inglês com o título
MAGGOT MOON
por Hot Key Books Ltd.
Copyright © Sally Gardner, 2012
Os direitos morais da autora estão garantidos.

Todos os direitos reservados. Este livro não pode se reproduzido, no todo ou em parte, nem armazenado em sistemas eletrônicos recuperáveis nem transmitido por nenhuma forma ou meio eletrônico, mecânico ou outros, sem a prévia autorização por escrito do Editor.

Todos os personagens deste livro são fictícios. Qualquer semelhança com pessoas reais, vivas ou mortas, terá sido mera coincidência.

Copyright © 2014, Editora WMF Martins Fontes Ltda.,
São Paulo, para a presente edição.

1ª edição 2014
2ª tiragem 2020

Tradução
WALDÉA BARCELLOS

Acompanhamento editorial
Márcia Leme
Ilustrações
Julian Crouch
Preparação
Maria Luiza Favret
Revisões
Sandra Garcia Cortés e Nanci Ricci
Edição de arte
Katia Harumi Terasaka
Produção gráfica
Geraldo Alves
Paginação
Studio 3 Desenvolvimento Editorial
Capa
Ilustração *Julian Crouch*
Projeto gráfico *Jet Purdie*
Montagem brasileira *Erik Plácido*

Dados Internacionais de Catalogação na Publicação (CIP)
(Câmara Brasileira do Livro, SP, Brasil)

Gardner, Sally
  Lua de larvas / Sally Gardner ; tradução de Waldéa Barcellos. – São Paulo : Editora WMF Martins Fontes, 2014.

Título original: Maggot Moon.
ISBN 978-85-7827-798-7

1. Ficção juvenil I. Título.

14-00104   CDD-028.5

Índices para catálogo sistemático:
1. Ficção : Literatura juvenil   028.5

Todos os direitos desta edição reservados à
Editora WMF Martins Fontes Ltda.
Rua Prof. Laerte Ramos de Carvalho, 133 01325.030 São Paulo SP Brasil
Tel. (11) 3293.8150 e-mail: info@wmfmartinsfontes.com.br
http://www.wmfmartinsfontes.com.br

*Para vocês, sonhadores,
que foram deixados de lado na escola
e jamais ganharam prêmios.*

Para vocês, a quem o amanhã pertencerá.

Um

Fico me perguntando e se.

E se a bola não tivesse voado por cima do muro.

E se Hector nunca tivesse ido procurar a bola.

E se ele não tivesse guardado o segredo sinistro só para si.

E se...

Nesse caso, acho que eu estaria contando para mim mesmo uma outra história. É que os "e se" são infinitos como as estrelas.

Dois

A senhorita Connolly, nossa antiga professora, sempre dizia para começarmos a história do início. Façam dela uma vidraça limpa para podermos enxergar através dela. Mas eu acho que não era realmente isso o que ela queria dizer. Ninguém, nem mesmo a senhorita Connolly, tem coragem de escrever o que vemos através daquele vidro lambuzado. Melhor não olhar lá para fora. Se for preciso, então o melhor é ficar calado. Eu nunca seria maluco a ponto de escrever isso, não em papel.

Mesmo que eu pudesse, não conseguiria.

Veja só, não sei nem soletrar meu nome.

Standish Treadwell.

Não sabe ler, não sabe escrever.

Standish Treadwell não é inteligente.

A senhorita Connolly foi a única professora que chegou a dizer que o que faz Standish ser diferente é que ele é original. Hector sorriu quando eu lhe contei isso. Disse que ele mesmo tinha sacado essa de cara.

– Tem os que pensam nos trilhos, e depois tem você, Standish, uma brisa no parque da imaginação.

Repeti isso para mim mesmo. "E depois tem Standish, com uma imaginação que sopra como uma brisa pelo parque, nem mesmo vê os bancos, só percebe que não há cocô de cachorro onde deveria haver."

Três

Eu não estava prestando atenção na aula quando o bilhete chegou do gabinete do diretor. Porque eu e Hector estávamos na cidade do outro lado da água, em outro país, onde os prédios sobem sem parar até prender as nuvens no céu. Onde o sol brilha colorido. A vida no final de um arco-íris. Não importa o que eles nos digam, eu vi isso na TV. Eles cantam nas ruas – eles até cantam na chuva, enquanto dançam em volta de um poste de luz.

Isto aqui é a idade das trevas. Nós não cantamos.

Mas esse era o meu melhor devaneio desde que Hector e sua família haviam desaparecido. A maior parte do tempo, eu tentava não pensar em Hector. Em vez disso, eu preferia me concentrar em me imaginar no nosso planeta, aquele que Hector e eu tínhamos inventado. Júniper. Era melhor do que ficar morrendo de preocupação com o que teria acontecido com ele. Só que esse foi um dos meus melhores devaneios fazia muito tempo. Era como se Hector estivesse ali perto de novo. Estávamos passeando de carro num daqueles enormes Cadillacs da cor de sorvete. Eu quase sentia o cheiro do couro. Azul-claro, azul-celeste, assentos de couro azul. Hector no banco traseiro. Eu, com o braço apoiado na janela aberta, a mão na direção, indo para casa para tomarmos Croca-Colas numa cozinha reluzente, com uma toalha de mesa quadriculada e um jardim que dava a impressão de que passaram um aspirador de pó na grama.

Foi nessa hora que percebi vagamente que o senhor Gunnell dizia meu nome.

— Standish Treadwell. Apresente-se no gabinete do diretor.

Caramba! Eu devia ter previsto. A vara do senhor Gunnell fez meus olhos arderem. Bateu com tanta força no dorso da minha mão que deixou sua assinatura. Dois vergões finos e vermelhos. O senhor Gunnell não era alto, mas seus músculos pareciam feitos de tanques velhos do exército em bom funcionamento. Ele usava uma meia peruca que tinha vida própria e lutava para se manter grudada no alto de sua careca brilhosa e suarenta. Suas outras características não lhe eram favoráveis. Ele usava um bigode pequeno, escuro, como se o muco de seu nariz estivesse escorrendo até a boca. E sorria apenas quando usava a vara – esse sorriso retorcia o canto de sua boca de tal modo que sua língua de sanguessuga ficava aparecendo. Pensando bem, não sei bem se a palavra "sorriso" está certa. Pode ser que sua boca simplesmente se contorcesse daquele jeito quando ele usava a mente para praticar seu esporte preferido: machucar os outros. Ele não se preocupava tanto com o lugar atingido pela vara, desde que ela atingisse a pessoa, que a fizesse saltar.

Veja bem, eles cantam só lá do outro lado da água.

Aqui o céu despencou há muito tempo.

Quatro

Mas o que me tirou do sério de verdade foi o seguinte: eu devia estar a um montão de quilômetros dali. Nem mesmo vi o senhor Gunnell se aproximar, apesar de haver uma pista entre mim e sua mesa. Quer dizer, eu me sentava bem no fundo da sala – o quadro-negro poderia estar em outro país. As palavras não passavam de cavalos de circo, dançando para cima e para baixo. Pelo menos, elas nunca ficavam paradas tempo suficiente para eu entender o que estavam dizendo.

As únicas que eu conseguia ler eram aquelas enormes palavras vermelhas escritas por cima da imagem da Lua. Elas eram um tapa na cara, eram sim.

TERRA MÃE.

Por ser burro e não ser nada que se encaixasse direito em um papel pautado, eu sentava no fundo da sala fazia

tempo suficiente para saber que tinha me tornado praticamente invisível. Só quando os braços de tanque de exército do senhor Gunnell estavam precisando de exercício é que eu aparecia para ele.

Só então é que eu ficava com raiva.

Cinco

Não havia como escapar. Eu tinha ficado acomodado. Tinha me acostumado a contar com Hector para me avisar do perigo que se aproximava. Aquele devaneio fez que eu me esquecesse de que Hector tinha desaparecido. Eu estava sozinho.

O senhor Gunnell agarrou minha orelha e a puxou com força, tanto que meus olhos se encheram de água. Não chorei. Não choro nunca. De que adiantam as lágrimas? Vovô dizia que, se fosse começar a chorar, achava que nunca mais ia parar – havia muito por que chorar.

Acho que ele tinha razão. Um desperdício de água salgada em poças de lama. As lágrimas inundam tudo, põem um nó na garganta, põem, sim. Fazem que eu queira gritar, é o que fazem. Vou lhe dizer uma coisa: foi difícil, com todo aquele puxão de orelha. Fiz o maior esforço para me concentrar no Planeta Júniper, aquele que Hector e eu tínhamos descoberto sozinhos. Íamos lançar nossa própria missão espacial, nós dois, e então o mundo acordaria para o fato de que não estava sozinho. Faríamos contato com os juniperianos, que sabiam o que era certo e o que era errado, que podiam liquidar Moscas-Verdes, homens de casaco de couro e despachar o senhor Gunnell para o quinto dos infernos do esquecimento.

Tínhamos combinado de passar ao largo da Lua. Quem ia querer ir lá quando a Terra Mãe estava prestes a fincar sua bandeira vermelha e negra naquela imaculada superfície prateada?

Seis

O senhor Gunnell não gostava de mim. Acho que era pessoal. Tudo é pessoal com o senhor Gunnell. Eu era uma afronta pessoal a sua inteligência. Eu era uma afronta a sua noção de ordem e decência. Só para garantir que todos entendessem que eu era uma afronta, ele desfez o nó da minha gravata. Estava com aquele sorriso no rosto, com a língua de fora, quando fechou a porta da sala de aula atrás de mim.

Eu não me importava com a varada. Nem com o fato de que minhas mãos ainda doíam. Eu tinha um pequeno problema com o puxão de orelha. E estava só um pouquinho preocupado com o diretor. Eu ainda não sabia da encrenca nem do tamanho dela.

Mas pode ser que eu tenha tido uma leve pista de tudo isso no instante em que o senhor Gunnell desatou o nó da minha gravata, o safado. É que não consigo fazer nó em gravata, e ele sabia disso.

O nó daquela gravata não era desatado havia um ano, meu recorde pessoal. Esse foi o período mais longo que consegui manter o nó intacto. Na realidade, o tecido tinha ficado tão desgastado que se movimentava sem dificuldade, só o suficiente para passar pela minha cabeça e depois se ajustar perfeitamente ao pescoço, dando-me uma aparência perfeita. Quer dizer, essa era a ideia. A gravata tinha ficado assim por causa do Hector. Ele não deixava nenhum garoto mexer comigo. Os dias de tortura eu acreditava que tinham ficado para trás. Aquela droga de nó desfeito, uma corda de enforcado, me deu vontade de me encostar à parede, deslizar até cair no chão e desistir de tudo, deixando as lágrimas pelo menos dessa vez se exercitarem um pouco. Porque tinha uma coisa que eu não podia fazer: entrar no gabinete do diretor sem gravata. Era melhor me jogar da janela de cabeça. Dizer que ela desatou enquanto eu caía. Dizer que, por causa do impacto da queda, eu tinha esquecido como fazer um nó de gravata.

Se eu fosse franco naquele exato momento, acho que sabia que isso nada tinha a ver com a gravata e a perda de um nó. Era a perda de Hector que eu não conseguia suportar. Se ao menos eu soubesse para onde eles o tinham levado. Se ao menos eu soubesse que ele estava bem, quem sabe o peso no meu estômago – o peso que me incomodava todos os dias – desaparecesse.

Sete

Hector disse que a gravata representava alguma coisa diferente. Era igualzinha a uma coleira no pescoço de um cachorro. Ela dizia que você fazia parte de uma coisa maior do que você sozinho jamais conseguiria ser. Hector dizia que o uniforme era um jeito de fazer que fôssemos todos iguais, não mais que números, números certinhos, com o formato de garotos, a serem registrados num livro. Hector não era um número certinho, e acho que pode ser que eles o tenham apagado, mas não posso ter certeza. O que eu sabia era que ele estava certo. O nó na gravata representava a sobrevivência.

Agora eu estava encrencado, a gravata desfeita, a camisa desabotoada, os cadarços do sapato bagunçados. Eu estava um horror.

Oito

O corredor cheirava a desinfetante, leite, mijo de moleque e lustra-móveis. As longas lâmpadas fluorescentes me pareciam de uma solidão só. Eram brilhantes demais, revelavam tudo. Deixavam o vazio dez vezes pior; mostravam que não havia nenhum Hector. Uma porta de vidro bateu com força, e a senhorita Phillips, uma das inspetoras da escola, saiu da sua sala com uma xícara na mão.

– O que você está fazendo, Treadwell?

Sua voz era dura e direta, mas eu a tinha visto nas filas, como todo o mundo, pegando mais um pouco por fora. Ela olhou para o corredor e para a câmera no alto, que girava o tempo todo. Esperou que o olho que tudo via virasse para o outro lado e, sem uma palavra, refez o nó da minha gravata, reabotoou minha camisa. Deu uma olhada para a câmera, levou um dedo aos lábios e esperou que ela voltasse a nos focalizar, para então falar na mesma voz direta.

– Muito bem, Treadwell. É assim que espero que você chegue à escola todos os dias.

Eu nunca teria imaginado que a senhorita Phillips, tão durona, fosse tão terna e suave por dentro.

Nove

O gabinete do diretor tinha um assento do lado de fora, um banco comprido, de madeira dura, para fazer doer o traseiro, e um pouquinho alto demais. Acho que esse era o toque de gênio do banco, porque você acabava ficando sentado ali, parecendo pequeno e inferior, com os pés balançando e os joelhos ossudos vermelhos de vergonha. E tudo o que se ouvia era o som de seus colegas de turma, que mal ousavam respirar. Fiquei ali sentado esperando a campainha soar, o que significava que o senhor Hellman me veria naquela hora. Fiquei sentado e esperei, o tempo tiquetaqueando vagaroso.

Antes de Hector vir para esta escola, eu a odiava. Acreditava que ela tinha sido criada só para que os valentões, com o cérebro do tamanho de cocô seco de cachorro, pudessem dar bordoadas nos meninos como eu. Um menino com olhos de cores diferentes, um azul e um castanho, e a reputação duvidosa de ser o único, na turma inteira, entre os alunos de 15 anos, que não sabia soletrar, não sabia escrever.

É, eu sei.

Standish Treadwell não é inteligente...

Quantas vezes os valentões sacanas cantaram isso para mim, estimulados por Hans Fielder, o líder bundão da câmara de torturas. Ele sabia que era importante. Monitor da turma, queridinho do professor. Ele usava calça comprida, como o restante de sua gangue. Vou lhe dizer uma coisa: na nossa escola não eram muitos os que usavam calça comprida. Os que usavam achavam que estavam lá no alto, com os maiorais. O Eric "Baixinho" Owen usava calça curta como todos nós, mas ele tornava sua calça mais comprida porque fazia tudo o que Hans Fielder exigia do nanico. Se o Eric "Baixinho" fosse um cachorro, seria um *terrier*.

Sua tarefa principal era ver, todos os dias, o caminho que eu ia fazer para casa e dar o sinal a Hans Fielder e sua turma de desordeiros. Os garotos precisavam se ocupar com alguma coisa. A perseguição começava. Era uma droga: eu acabava sendo apanhado e espancado todas as vezes. Não pense que eu não reagia, porque eu reagia. Mas não tinha muita chance contra eles, que eram sete.

Foi no dia em que conheci Hector. Eles tinham me encurralado dentro do antigo túnel ferroviário perto da escola. Hans Fielder achou que tinha me apanhado de jeito, que eu não tinha saída, a não ser que quisesse arriscar a vida, porque no fim do túnel havia um cartaz. Não precisava saber ler para entender o que significava. Nele havia uma caveira e ossos em cruz, que queriam dizer afaste-se ou você morre.

Naquele dia, lá naquele túnel fedorento, com Hans Fielder e sua gangue asquerosa zombando de mim e me atirando pedras, cheguei à rápida conclusão de que talvez fosse mais seguro sair correndo na direção do capim alto por trás do cartaz e ver no que ia dar. Não havia arame farpado nem nada desse tipo que cercasse o lugar. Aquele aviso por si só tinha o poder de mil espantalhos.

Segui pelo túnel na maior velocidade, passei pelo cartaz e entrei no que eu tinha certeza de que seria uma linha de fogo. Pelo menos, tudo acabaria depressa. Mamãe e Papai já estavam mortos. E Vovô... Bem, não me permiti pensar em Vovô, não naquele instante. Porque Vovô era a única pessoa que ainda me fazia ter alguma ligação com o chão. Olhei para trás, esperando ver Hans Fielder e seus alucinados vindo atrás de mim. O que vi foi um grupo borrado de garotos indo embora.

Tonto e sem fôlego, parei junto de um carvalho enorme. Foi só quando minha respiração se acalmou que me dei conta do que tinha feito. Esperei um pouco. Se os Moscas-Verdes aparecessem, eu levantaria as mãos e me entregaria.

Sentei-me, o coração batendo como um ovo contra as paredes de uma panela de água fervente. Foi então que avistei a bola. Uma bola vermelha de futebol. Murcha, sim, mas inteira. Eu a enfiei na minha mochila da escola, uma recompensa por minha bravura. Não só isso, mas segui adiante pelos trilhos da ferrovia desativada e encontrei framboeseiras carregadas de frutas. Tirei a camisa, amarrei as mangas e enchi até não conseguir pôr nem mais uma framboesa. Todo o tempo, não me largava a expectativa de sentir a mão de um Mosca-Verde no meu ombro.

A essa altura eu estava perto do muro que acompanha a estrada de ferro. Uma palavra para descrever esse muro seria *impenetrável*. Viu só? Eu posso não saber ler e escrever, mas tenho um vocabulário imenso. Coleciono palavras – elas são doces na boca do som.

O muro era tão alto que Vovô e eu, do nosso jardim que dava fundos para ele, não conseguíamos enxergar nada do outro lado. Você não saberia que, escondido ali atrás, havia um prado abandonado, cheio de flores. Borboletas dançavam animadas, como se a natureza estivesse dando um baile e guardando para si a lista de convidados VIP. Eu estava vendo aquilo pela primeira vez e, puxa vida, a beleza era demais. Bem, pensei, se a humanidade inteira sumisse no fundo de um buraco, eu sabia quem faria a festa para comemorar.

Por que parar agora, Standish? Você está com as framboesas, com a bola... por que não as flores?

Seu palerma. Foi só naquele instante que começou a ocorrer, naquela minha cabeça que vivia sonhando acordada, que eu não fazia a menor ideia de como ia conseguir passar por cima do muro. Eu estava num mar de merda, num barco furado afundando depressa. Quer dizer, eu não podia pular o muro. Não era a altura que me preocupava, eram os cacos de vidro no alto, do tipo que corta artérias. Ninguém conseguiria pular aquele muro e ainda achar que tinha mãos.

Cacilda! Havia duas escolhas: ou eu voltava por onde tinha vindo, o que eu não ia fazer; ou...

... Standish, anda, diz aí a outra.

Dez

O muro de tijolos termina no final da nossa rua, onde se vê um enorme palácio inútil, empoleirado no alto do morro. Quando eu era pequeno, tinha certeza de que ele era feito de algum joguinho de armar de um gigante, porque era desproporcional em comparação com tudo o que havia ao redor. Vovô dizia que ele era amaldiçoado.

O que vou lhe contar agora aconteceu de verdade. Há muito tempo, algum espertinho teve a ideia de homenagear uma rainha ou comemorar uma batalha – não consigo lembrar qual, já que tanto uma quanto a outra estão totalmente esquecidas. Segundo Vovô, que gostava de estudar a história local, muitas luas atrás, no alto daquele morro, havia um poço profundo, conhecido por sua água medicinal com poderes mágicos e protegido por três bruxas.

Elas determinaram que nada jamais deveria interferir naquele lugar e, se o poço de alguma maneira fosse afetado, toda aquela terra seria amaldiçoada. Isso foi antes de as bruxas sábias serem arrastadas para a morte na fogueira.

Anos mais tarde, um velhote com dinheiro de sobra e uma rainha ou uma batalha a ser lembrada foi em frente, aterrou o poço e construiu a monstruosidade.

O primeiro palácio do povo foi arrasado por um incêndio no dia da inauguração. Depois, como se isso não deixasse claro que as bruxas estavam mais do que certas, o cara cheio de dinheiro construiu aquela coisa medonha de novo. Uma espécie de deboche diante da superstição. Vovô disse que o segredo das bruxas é que elas têm todo o tempo do mundo. Aquele olho de vidro do palácio velho e feio ainda estava me vigiando do outro lado do campo.

Por que eu estava pensando nisso enquanto estava preso do lado errado do muro, recusando-me a largar as flores, a camisa com as framboesas e a bola esmagada? Porque isso me deu tempo para eu me acalmar, pensar e, pensando, descobri como escapar.

Antes do desaparecimento de Papai e Mamãe, uma vez ouvi meu pai falar com Vovô sobre um túnel que tinham cavado a partir do abrigo antiaéreo, durante a guerra.

O túnel saía no parque. Quando os dois perceberam que eu estava na sala, começaram a falar na Língua Mãe para eu não entender.

O que descobri sobre as línguas é o seguinte: quando você não é bom em ler e escrever, você se torna um gênio em ouvir palavras. Elas são como música. Você consegue extrair a essência delas. Tudo o que eu precisava fazer era esvaziar minha cabeça, sintonizar na emissão da fala e, nove vezes em oito, eu entendia tudo com perfeição.

É o que lhe digo. Eu poderia ter dado gritos de alegria quando por fim encontrei o alçapão que dava acesso ao túnel. Ali estava ele, enterrado debaixo de um tapete verde emaranhado. Estava escondido havia tanto tempo que precisei de todas as minhas forças para fazer a natureza ceder o que ela acreditava que lhe pertencia.

E me senti o próprio Papai Noel quando pus meu tesouro em cima da mesa da cozinha.

Vovô ficou pasmo.

– Sabe, garoto, tem duas coisas que eu queria neste momento. A primeira, saber fazer geleia de framboesa. A segunda, conseguir que sua única camisa volte a ficar branca.

Na época, eu teria dito que alguém ouvira suas preces e as atendera. Mas agora sei que era mais aleatório que isso. Hector e sua família tinham acabado de mudar para a casa vizinha. Vovô tinha certeza de que eles eram espiões, e se fossem calculou que saberiam como tornar branca uma camisa manchada de framboesas. E foi assim que tudo começou.

Onze

Vovô sempre me dava uma sensação de segurança. As paredes da nossa casa podiam ser precárias, mas não eram transparentes. Vovô se certificara disso. Ele era uma raposa esperta. Sempre andava empertigado e altivo, sempre me dizia que não possuía nada a não ser a sua dignidade, e a sua dignidade ele não ia ceder para ninguém. Nenhuma crença, nenhuma igreja, nenhum dogma. Nada passava despercebido ao cintilar daqueles seus olhos cinzentos. Ele via muito e falava pouco.

Quando nossos novos vizinhos mudaram para ali, ele disse que não tinha a menor intenção de lhes levar uma xícara de açúcar.

– Açúcar? – surpreendi-me. – Por que você faria isso? É como ouro em pó.

Vovô riu.

— Antes da guerra, quando havia casas bonitas, não bombardeadas, nas ruas, as pessoas cultivavam a boa vizinhança. Se alguém precisasse de alguma coisa, a gente dava.

Essa me pareceu uma ideia razoável. Mas, na nossa rua, com casas em ruínas, não havia mais ninguém a quem se pudesse dar alguma coisa. Vovô me disse que os Lush eram espiões. Eu sabia que esse era outro jeito de ele dizer que não queria ninguém morando ali. A casa tinha pertencido a meus pais antes de eles se tornarem não existentes. A mudança fazia o desaparecimento deles ser mais definitivo. Punha os pingos nos is, tornava ainda maior, ainda mais difícil de evitar o ponto de interrogação depois da pergunta: "Por quê?" Naquela época, Mamãe e Papai tinham sumido havia mais de um ano. Eram muitos os desaparecimentos inexplicados: vizinhos e amigos que, como meus pais, tinham sido apagados, seus nomes esquecidos, qualquer informação sobre eles negada pelas autoridades.

Tinha me ocorrido então que o mundo era cheio de buracos, buracos nos quais você caía para nunca mais ser visto. Eu não conseguia ver a diferença entre o desaparecimento e a morte. Pareciam a mesma coisa para mim, deixavam buracos. Buracos no coração. Buracos na vida.

Não era difícil ver quantos buracos havia. Dava para saber quando surgia mais um. As luzes eram desligadas na casa, e depois ela era dinamitada ou demolida.

Vovô sempre desconfiou de que os principais informantes na nossa vizinhança fossem os que moravam nas casas emproadas no alto da rua, na extremidade oposta ao palácio. Eram residências sólidas, intactas, reservadas especialmente para as Mães pela Pureza. Como a senhora Fielder e suas amigas. Elas realizavam um trabalho inestimável para os Moscas-Verdes e os homens de casaco de couro preto, espionando os vizinhos em troca de leite em pó, de roupas, de todos aqueles artigos do dia a dia que, para conseguir, os simples cidadãos como nós, não colaboradores, meio mortos de fome, precisavam enfrentar filas todos os dias.

Perguntei a Vovô por que espiões saberiam deixar branca uma camisa manchada de framboesas.

– Espiões não saberiam, mas a mulher talvez saiba – respondeu.

Achei que aquilo não fazia muito sentido, mas Vovô andava muito resmungão ultimamente, desde que a família tinha se mudado para a casa vizinha. Resmungão de um jeito mal-humorado, o que não combinava com ele.

– A vida ficou mais complicada – falou.

Eu não sabia, naquela ocasião, que a velha raposa tinha o rabo preso. Isso ele mantinha bem escondido.

Doze

Foi minha a ideia de levar de presente para os vizinhos as flores e uma tigela de framboesas. Achei que ajudaria com a história da camisa. Quando concordamos em fazer isso, a sirene do toque de recolher já tinha soado. Ouvimos um dos carros blindados da patrulha dos Moscas-Verdes fazer sua primeira ronda do entardecer, portanto, a rua estava fora de cogitação, e a única maneira de fazer uma visita a qualquer uma das outras casas sem ser visto era descendo até o que eu chamava de Rua do Porão. A Rua do Porão nada mais era do que uma série de buracos abertos a picareta nas paredes dos porões das casas. Uma rota de suprimentos. Era a melhor forma para pegar madeira e outras coisas das casas em ruínas sem ninguém saber.

Nunca me senti bem lá embaixo. O lugar me dava arrepios. Era escuro, com cheiro de umidade. Havia um monte de coisas em que se podia esbarrar.

Subimos a escada que levava à porta do porão da casa que tinha sido dos meus pais. Eu poderia dizer o que havia atrás da porta sem abri-la. Papel de parede com flores vermelhas e cestas repletas de frutas, lambris vermelhos que cobriam toda a parte inferior das paredes da cozinha e que eram vermelhos porque aquela era a cor da tinta que caiu de um caminhão que passava. A lâmpada, Vovô tinha reaproveitado da antiga delegacia, depois que ela foi bombardeada. Tudo isso e muito mais eu sabia sobre a casa onde nasci.

Mesmo assim, batemos educadamente.

Treze

Após um longo silêncio, a porta abriu um pouquinho.

– Pois não. O que vocês querem? – perguntou um homem.

Ele falava bem a língua do nosso país, só com um leve sotaque, mas dava para ver que não era com ela que estava acostumado. Pelo jeito de falar, era um membro remunerado da Terra Mãe, um de verdade. Ouça o que lhe digo, não se vê um monte deles... quer dizer, civis... na Zona Sete. Foi um belo de um choque para mim. Percebi que talvez Vovô tivesse razão com aquela história de espiões, no final das contas.

O homem era magro feito um cabide. O cabelo desgrenhado era grisalho. Suas sobrancelhas eram grisalhas e espessas, a única barricada contra uma enorme extensão de testa enrugada que ameaçava desmoronar numa avalanche de ansiedade sobre o resto das suas feições.

– Não temos comida, não temos nada de valor – disse com a voz hesitante. – Não temos nada para lhes dar, nada.

Achei que Vovô fosse endurecer quando percebesse que esse homem era da Terra Mãe. Mas sua voz saiu macia.

– Sou seu vizinho, Harry Treadwell, e esse é meu neto, Standish Treadwell – disse estendendo a mão.

O homem abriu a porta devagar.

Sentada à mesa, exatamente como minha mãe costumava fazer, estava uma mulher magra, bonita, e diante dela, onde era meu lugar antes, estava um garoto da minha idade. De boa aparência, empertigado, cabelo louro escuro e olhos verdes.

– Só pensei – disse Vovô – em vir ver se vocês estavam se instalando bem.

Levei as flores e as framboesas para a mulher. Ela aceitou as flores e enterrou o rosto no buquê. Quando se voltou de novo para mim, havia pólen dourado no seu nariz e uma lágrima escorria pelo seu rosto. Ela tocou na cumbuca de framboesas com as mãos trêmulas.

Todo esse tempo, eu percebia que o garoto olhava fixamente para mim e tive vontade de encará-lo de volta, mas não o fiz, não de início. Senti que meu rosto enrubescia; senti que estava pouco à vontade, sem conseguir avaliar a cena diante de mim. Finalmente, com ar desafiador, voltei-me para ele, imaginando que, como meus colegas de turma, ele me consideraria estranho, com a marca da impureza.

Como são esquisitos seus olhos.

Como você soletra esquisito.

Mas sua expressão estava séria. Ele se levantou. Era mais alto do que eu. Não estava nervoso como o homem e a mulher. Com segurança, ele se aproximou de mim.

– Obrigado – disse. – Eu me chamo Hector Lush, e esses são meus pais.

Eu o conhecia.

Mas sabia que não conhecia. Nunca o tinha visto antes.

Vovô não tinha saído da porta do porão. Só ficou ali parado, olhando, absorvendo tudo o que via. Então, de repente, girou sobre os calcanhares e voltou por onde tinha vindo. Quando estava no pé da escada, ele me chamou.

Catorze

Não demoramos muito para apanhar na nossa casa o que precisávamos, que era basicamente o revólver do meu pai. Ele tinha o luxo de possuir um silenciador, roubado de um Mosca-Verde morto. Voltamos para a cozinha que no passado tinha sido minha. Dessa vez, Vovô não bateu. O senhor Lush viu a arma e correu para o lado da mulher.

Hector sorriu.

– Você vai nos matar? – perguntou, tranquilo.

Vovô não estava acostumado a ser gentil, e a complicação das boas maneiras realmente não era muito do seu interesse. Ele nada disse e, mirando, acertou o primeiro rato que passava correndo pelo rodapé, então o segundo, então o terceiro... parou quando tinha matado sete daqueles safados.

Os números tinham importância para Vovô. Sete ratos mortos era algo que o rei dos ratos respeitaria. Mate um rato, e todos os parentes dele virão procurar você. Mate sete, e eles entenderão que você não brinca em serviço.

Quinze

Levamos os Lush, pela Rua do Porão, para a nossa casa. Pasmos, eles ficaram ali em pé na cozinha bem organizada de Vovô. Ele tinha aperfeiçoado ao máximo seu sistema de sobrevivência. Nada se perdia, tudo era apanhado e armazenado com a ordem de um bibliotecário. Ajudei-o a pôr a mesa, com cada objeto rachado, quebrado, consertado, rachado, quebrado, consertado de novo, até que cada um tivesse uma originalidade só sua.

– Standish – disse Vovô –, o gim de abrunho.

No instante em que ele disse isso, eu soube que ele confiava nos Lush. Mas não ia admiti-lo, e nunca admitiu.

Todos nos sentamos ao redor da mesa. Eu e Vovô terminamos nossa sopa e estávamos limpando os pratos com nosso pão caseiro. Quando erguemos a cabeça, vimos que os Lush nem tinham começado a comer.

– É sopa fria de pepino – falou Vovô. – Fiz o pão hoje de manhã. Comam.

– Quer dizer que o senhor vai dividir a refeição conosco? – perguntou a senhora Lush, o rosto translúcido, os olhos, peixes nadando em poças de lágrimas.

– Vou – disse Vovô. – Vou ajudá-los a sair desse sufoco.

– O que está querendo dizer? – perguntou o senhor Lush.

– Vou impedir que morram de fome – disse. – Existe um motivo para vocês estarem na Zona Sete. Não preciso saber qual é. Se nos voltarmos uns contra os outros e vocês todos morrerem, eles terão vencido. Se nos unirmos, nós nos fortaleceremos.

– O senhor sabe que nem todos da Terra Mãe concordam com o que está sendo feito em nome dela – disse o senhor Lush.

– É claro – respondeu Vovô.

– Achamos que vocês desconfiariam de nós, pensando que fôssemos informantes.

– Comam – disse Vovô. Ele ergueu o copo. – Vamos fazer um brinde: a novos começos e pousos na Lua.

Dezesseis

Naquela noite, os Lush ficaram na nossa casa. Pela primeira vez desde que meus pais foram embora, dormi no meu antigo quarto, com Hector, num colchão no assoalho.

Só quando estava adormecendo foi que me lembrei de não termos tocado no assunto da camisa manchada de framboesa.

Eu não tinha conseguido dormir uma noite inteira desde que meus pais se foram. Vovô estava esgotado. Foi só por causa de Hector que comecei a dormir direito. Na noite seguinte, o senhor Lush e Vovô combinaram de abrir na parede a porta que unia nossos quartos para podermos ficar juntos. Não me lembro de nenhuma conversa a respeito de abrir mais portas entre as duas casas. Simplesmente foi acontecendo. Vovô, eu, Hector e o senhor e a senhora Lush começamos a fazer as refeições juntos; e aos poucos fomos ficando unidos. Éramos uma boa família.

O senhor Lush nos contou que era engenheiro. Tinha se recusado a trabalhar num projeto na Terra Mãe, mas não quis dizer do que se tratava. A senhora Lush era uma médica que tinha se negado a eliminar os impuros. O que foi realmente muito bom para Vovô, para mim e para os impuros, porque todos eles acabavam exilados na Zona Sete.

Dezessete

Quando a campainha soou, saí do meu banco como um foguete. Alisei meu cabelo, respirei fundo, bati na porta e entrei. O senhor Hellman estava em pé. Ele juntou os calcanhares com um estalo, apesar de eu não conseguir vê-los, já que estavam por trás da mesa.

E então seu braço se esticou, reto como uma viga de força, e seus olhos assumiram uma expressão vidrada enquanto ele dizia a saudação:

– Glória à Terra Mãe!

Ia levantando meu braço, sem muito ânimo, mas não levantei. E então ouvi um pigarro. Esse pigarro não vinha do senhor Hellman. Vinha de um homem sentado no canto do gabinete, um homem de casaco de couro preto. Ele dava a impressão de ter sido feito com um estojo de geometria, todo ele triângulos e arestas retas. Seu rosto estava escondido por um chapéu. Esse chapéu não estava num ângulo de malandro, como os chapéus usados na terra das Croca-Colas. Não, esse chapéu era afiado como uma faca, com uma aba que poderia cortar uma mentira ao meio. Ele usava óculos escuros, de armação preta, que se ajustavam às órbitas. O gabinete estava mal iluminado. Eu me perguntei o que ele conseguia ver e o que não conseguia. Vou lhe dizer uma coisa: ele era sutil como um elefante. Sua missão era séria, mas eu não conseguia calcular a quem ou a que ela dizia respeito.

Eu me perguntava o que ele estava fazendo ali. Achei que podia ser que estivesse supervisionando o senhor Hellman, mas duvidei disso. A única coisa que dava alguma fama para o senhor Hellman era aquele seu relógio cromado vagabundo. O relógio tinha sido dado como prêmio aos casais que tivessem tido oito filhos ou mais. Veja só, ninguém usava relógio na Zona Sete, a não ser que fosse uma pessoa importante. Todos os outros tinham vendido o relógio no mercado negro havia muito tempo. Como eu sabia que o relógio do senhor Hellman era vagabundo? Bem, eu não sabia, até que vi o do senhor Lush. Aquele relógio nos salvou.

O inverno passado foi o mais frio de que eu conseguia me lembrar. Vovô disse que nunca tinha vivido um tão cruel, e ele tinha vivido uma boa quantidade de invernos. Vovô chamou-o de vingança do General Inverno. Aquele general não estava do nosso lado, isso eu posso garantir.

Se não tivesse sido pelo relógio do senhor Lush, nós todos estaríamos debaixo da terra. Só nos restavam uma vela de igreja para iluminar a casa e casca de batata para comer. Um dia de manhã, quando tudo estava congelado, até mesmo a privada, estávamos todos sentados à mesa da cozinha, com Vovô tentando calcular o que mais poderia usar como lenha para manter o fogão aceso, o senhor Lush de repente saiu. Nós o ouvimos lá em cima arrancar tábuas do assoalho. Fiquei pensando que isso a gente não podia queimar, a casa acabaria desmoronando. A senhora Lush não disse nada, só começou a retorcer as mãos sem parar. Quando entrou de volta na cozinha, o senhor Lush entregou a Vovô alguma coisa enrolada num pano.

– Você sabe o que fazer com ele, Harry – disse em voz baixa.

Com cuidado, Vovô o desembrulhou. *Putzgrila*! Aquele relógio brilhava como uma estrela, brilhava, sim. Descobrimos que ele era de ouro de verdade, maciço como madeira.

Vovô olhou do outro lado. Examinou por um bom tempo a inscrição no verso do relógio e não disse nada. O senhor Lush estava pálido de preocupação. Dava para eu ver que a senhora Lush tinha parado de respirar.

Vovô demorou uma eternidade para falar.

– Se conseguirmos raspar as palavras, ele vai nos tirar do sufoco.

O senhor e a senhora Lush respiraram fundo e concordaram.

– Obrigado, Harry – disse o senhor Lush.

Depois perguntei a Vovô o que estava escrito no verso do relógio. Ele se recusou a me dizer.

Ainda temos parte da farinha de trigo, arroz, aveia, parafina líquida e sabão, tudo comprado no mercado negro. Por isso, eu sabia que o relógio do senhor Hellman não valia nada. Não daria para comprar nem uma vela para acender junto da sua sepultura.

Dezoito

O senhor Hellman começou a girar os polegares. Ele tinha pelos que brotavam do dorso das suas mãos. Pelos pretos como pernas de aranha.

Mas isso era só acessório, era só uma distração, como o próprio relógio. Veja bem, havia tanta coisa errada naquela cena. Para começar, o diretor não estava todo cheio de si e enérgico. Ele parecia um Zepelim murcho, sem fala, com todo o ar perdido.

O peso no meu estômago me dizia que esse homem de casaco de couro estava ali para me ver, e eu estava tentando descobrir o mais rápido possível em que tipo de encrenca tinha me metido. Repassei uma lista.

Era o canal de televisão que tínhamos sintonizado?

Eram as duas galinhas que mantínhamos no fundo do jardim?

Será que era sobre Hector?

– Standish Treadwell? – perguntou o homem do casaco de couro.

Fiz que sim. Vou lhes dizer uma coisa: eu estava bem empertigado nessa hora.

– Você sabe que dia é hoje?

É claro que eu sabia: era quinta-feira, e íamos comer bolinhos de apresuntado no lanche com os dois ovos que estávamos guardando. Mas eu sabia o que ele queria que eu respondesse. Quer dizer, você teria de ser muito burro para não saber que dia era aquele.

Por isso eu não disse nada.

Dezenove

– Standish Treadwell.

Por que ele estava dizendo meu nome de novo, e o que havia na pasta que estava segurando?

– Quantos anos você tem?

– Quinze, senhor.

– Quinze.

Eu não estava gostando daquela história de repetição. Olhei para o senhor Hellman, mas ele não estava participando.

– Quinze – repetiu o homem do casaco de couro. – Com a capacidade de escrever de uma criança de quatro anos e a de leitura de uma criança de cinco. Você sabe o que acontece com crianças com impurezas?

– Sim, senhor.

Eu sabia que eram mandadas para outra escola, muito longe. Foi o que aconteceu com Mike Jones, o que tinha as pernas esquisitas. Ele nunca voltou. Vovô me disse que a senhora Jones, a viúva que era mãe de Mike, tinha praticamente enlouquecido com a história. Mesmo assim, eu não disse nada.

– Standish.

Qual era o problema com esse homem do casaco de couro, que não parava de dizer meu nome?

– Nome estranho.

Droga. Desejei que tivessem me dado o nome de John, Ralph, Peter, Hans – qualquer coisa, menos Standish.

– E Treadwell?

– Da Terra Natal, senhor – falei.

O que eu sabia? Era isso o que sempre tinham me ensinado a dizer.

– Seus pais morreram?

Bem, eu achava que não era bem isso, mas não ia começar a discutir.

Ele tirou uma carta da pasta de arquivo. Aproximou-se do senhor Hellman e começou a falar na Língua Mãe.

Explicando rapidamente, todo o problema se resumia ao fato de que esta bela escola de subúrbio, neste fim de mundo de uma Zona Sete bombardeada, nunca deveria ter aceitado minha matrícula, para começo de conversa.

Como era possível que eu tivesse permanecido tanto tempo sem ser descoberto? Supostamente, eu era burro, um inútil, apesar de estar entendendo cada palavra que diziam.

– Ele estava fazendo progressos com a senhorita... com sua professora anterior... – O senhor Hellman estava começando a suar. – E o pai de Treadwell era o diretor daqui antes de mim. Sua mãe era professora na escola. Depois que a senhora Treadwell...

Eu aguardava. Eles tinham minha atenção total. Será que ele ia dizer o que aconteceu com meu pai e minha mãe? Ia? Não, porque percebi que nem mesmo o senhor Hellman estava se sentindo seguro, e aquele relógio, no frigir dos ovos, era só uma imitação barata. Ele não valia comida, como o relógio do senhor Lush. Eu não sabia que o ouro se pesava em quilates, quilos de comida. Agora sei. Quem quer que tenha enterrado aquele ouro no início devia saber que isso ia acontecer, que íamos trocar ouro por alimentos.

O homem do casaco de couro me perguntou mais uma vez:

– O que há de especial no dia de hoje? – Mas desta vez mais devagar, como se quisesse deixar clara sua intenção. Talvez ele estivesse achando que eu era idiota, e é assim que se fala com idiotas.

Eu sabia o que havia de especial naquele dia. *Putzgrila*, acho que não havia nem mesmo um rato no território ocupado que não soubesse o que havia de especial naquele dia. E, não, não eram os bolinhos de apresuntado.

Então respondi com orgulho, como se estivesse passeando num Cadillac da cor de sorvete:

— Hoje é quinta-feira, 19 de julho de 1956, o dia em que será lançado o foguete para a Lua e em que começará uma nova era da história da Terra Mãe.

Acho que falei muito bem, pois tanto o diretor quanto o homem do casaco de couro esticaram o braço outra vez. Os olhos do homem do casaco de couro pareciam quase embaçados por trás daqueles óculos de caveira.

— Certo. Seremos a primeira nação no mundo a ter realizado semelhante feito, demonstrando nossa total supremacia.

A campainha da escola soou quando ele disse isso. Era hora do almoço.

— Você alguma vez já entrou no parque nos fundos da sua casa?

Eu estava repassando todas as respostas que poderia dar. Todas mentiras. E mesmo assim eu ainda não sabia por que motivo estava ali.

— Não, senhor, é proibido.

Vinte

O homem do casaco de couro tinha olhos de raios X. Tive certeza disso, apesar de não conseguir vê-los. Eles penetravam direto em você. Agora eu sabia como um peixe se sentiria se fosse arrancado o tampo do fundo do mar.

Por isso afundei, e me debati, e acabei falando:

– Só uma vez, ou duas.

O homem do casaco de couro olhou para o papel que estava segurando e fez a pergunta mais estranha.

– O que significa a palavra "eterno"?

Às vezes eu acho que os adultos são simplesmente doidos de pedra. Doidos. Doidos varridos.

– Significa que continua para sempre, como a grande Terra Mãe.

Acrescentei isso como se põem pimenta e sal nas batatas fritas, mesmo sem acreditar. Mas, puxa vida, que diferença fazia? Eu acreditava na vida, e um dia iria à terra das Croca-Colas, mas esses dois caras sabidos não precisavam tomar conhecimento disso.

– Você algum dia viu alguma outra pessoa no parque?

Tarde demais. Senti as garras fincadas na minha carne e me dei conta de que isso não tinha nada a ver com o desaparecimento de Hector, nada a ver com minha incapacidade para soletrar, ler ou escrever. Isso não estava relacionado a meu pai ter sido diretor nem a minha mãe, nem mesmo às galinhas em nosso quintal. Não, isso estava ligado a uma questão totalmente mais preocupante.

Tratava-se do homem da Lua.

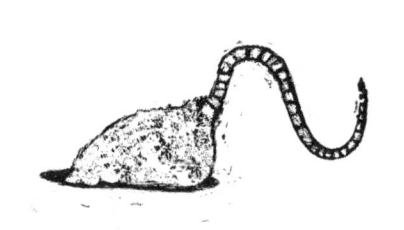

Vinte e um

Fazia apenas três semanas – três semanas que pareciam um século –, eu e Hector estávamos planejando nossa missão ao Planeta Júniper. Os patetas que ficassem empolgados com pousos na Lua. Sabíamos que nossa façanha faria que um passeio na Lua parecesse um truque barato de circo.

Vovô era totalmente indiferente à missão à Lua.

– Dinheiro jogado fora – disse –, quando há tanta gente morrendo de fome na Terra. – Ele pertencia a outra geração. Tinha sobrevivido às guerras. Não era muito o que tinha melhorado, e um monte de coisas tinha piorado. De acordo com Vovô, um homem no espaço não ia fazer a mínima diferença. Mas Hector e eu tínhamos outra visão. Afinal de contas, não tínhamos visto o futuro com nossos próprios olhos? Não que devêssemos ter visto, mas o senhor Lush tinha conseguido improvisar uma televisão e, mais do que simplesmente consertá-la, ele conseguiu que muitas vezes assistíssemos a programas da terra das Croca-Colas. O senhor Lush era simplesmente fantástico!

Havia um programa do qual eu e Hector gostávamos acima de tudo. Nele havia uma mulher, toda perfeita como plástico. Ela era radiante, ao lado de uma geladeira enorme numa cozinha reluzente. A mulher da televisão tinha os lábios grandes e os peitos em forma de cone. Ela ria o tempo todo. É assim que eu imaginava que os juniperianos seriam. Naquele planeta, todos estaríamos aquecidos e em segurança em nosso próprio sistema solar, sem percevejos e sem fome. Aposto que aquela geladeira poderia nos alimentar por um ano, ou talvez por mais de um ano. Essa mulher tinha o mesmo nome que uma bola, mas não uma bola murcha. Na Terra da Croca-Cola, o nome da mulher significava diversão, festa, baile. Eles se divertiam. Nós, não.

Essa atriz era a favorita de Hector. O filme era em preto e branco, mas isso não nos enganava, nem um pouco. Nós sabíamos que essa terra prometida estava explodindo de tanta cor. E que tudo isso viria para cá no instante em que nosso foguete pousasse em Júniper, no instante em que deixássemos nossa primeira pegada onde antes nunca tinha havido pegada alguma. Quer dizer, aquele momento mudaria tudo por aqui. Daria um fim à guerra. Seria um acontecimento tão descomunal nos anais da história que se geraria um antes e um depois só por si mesmo. Um acontecimento do tipo "Você tinha nascido antes da descoberta de Júniper?". Tudo o mais perderia importância, uma sombra seria lançada sobre os pousos na Lua.

Ou assim eu pensava três semanas antes.

Vinte e dois

Hector foi mandado para minha escola, para a mesma turma que eu. Gostei demais disso. Hector levou menos de uma semana para botar Hans Fielder e seus palhaços nos seus devidos lugares.

Naquela época, nossa professora era a senhorita Connolly. Ela era gentil, fazia com que eu me sentasse na frente, perto da sua mesa, gastava tempo explicando. A senhorita Connolly não gostava de Hans Fielder e sua turma de bagunceiros, tanto quanto eu não gostava. Mas ela se agradou muito de Hector. Acabou se revelando que ele era brilhante como uma supernova; falava a língua de todos nós com um sotaque muito leve e tocava piano. E não estou falando de batucar alto no piano só com alegria. Hector tinha belas mãos, com dedos longos e bem finos. Quanto ao restante do seu aspecto, ele era magricela e desengonçado, com a cabeça com a forma perfeita, não achatada na parte de trás. Seu cabelo era louro escuro, grosso e cheio de vida. Eu gostava do seu jeito de afastar o cabelo do rosto.

Infelizmente, a senhorita Connolly desapareceu num buraco no meio do trimestre de outono. Sem explicações. Nunca dão explicações. Ninguém tem coragem para perguntar por quê. Simplesmente um dia ela estava ali e no dia seguinte desapareceu, sem deixar um rastro para nos dizer para onde tinha ido. Veja bem, eu disse que a morte e o desaparecimento são a mesma coisa. Os dois são uma droga.

Foi aí que o senhor Gunnell surgiu. Ele não trazia nenhum conhecimento que valesse a pena aprender. Só propaganda política. Um homenzinho importante, o senhor Gunnell.

No primeiro dia, ele ordenou a Hector que cortasse o cabelo de acordo com o padrão obrigatório. Hector nunca cortou. É que não existia ninguém como Hector. Ele tinha olhos verdes da cor do mar, que ficavam nublados de indiferença. Hector tinha um jeito de fazer o senhor Gunnell repetir o que tinha acabado de falar para que ele pudesse absorver todo o vazio das palavras.

Revelou-se que nosso novo professor, apesar de todo o seu fervor patriótico pela Terra Mãe, não conseguia pronunciar uma palavra do idioma. Isso me fazia sorrir. Ele nunca entendia muito bem o que Hector dizia. E ficava louco de raiva por saber que Hector levava essa vantagem.

Vinte e três

Desde o começo, o senhor Gunnell sentiu aversão por mim. Meus olhos eram um tormento para ele. Uma impureza daquelas era por si só motivo suficiente para me eliminar da escola, na opinião dele. E isso foi antes de ele perceber que eu não sabia ler nem escrever, muito menos soletrar direito as palavras. Esse pequeno prazer veio depois. Quanto a Hector, o senhor Gunnell também não se deu bem com ele, simplesmente porque Hector conseguia enxergar o fundo daquele coração velho e mofado do senhor Gunnell.

Como castigo, fomos mandados para o fundo da sala. O senhor Gunnell achava que estava sendo muito esperto em não dar atenção a Hector. Só que ninguém conseguia fingir que não percebia Hector. Sua presença era forte demais, ele era atento demais para ser descartado. Hector se acostumou a enfrentar o senhor Gunnell. Ele dizia: "Está errado, senhor. A soma deveria dar..."

O rosto do senhor Gunnell ficava vermelho como as palavras abaixo das quais ele se sentava. Um dia, ele não aguentou mais. Investiu contra Hector, quase dava para ouvir os motores funcionando naqueles braços de tanque do exército. Ele ergueu a vara, faminta para encontrar alguma carne macia. O primeiro golpe atingiu o ombro de Hector. Ele não se encolheu, nem uma vez. Também não levantou as mãos para se proteger. Só ficou ali em pé, recebendo as varadas e olhando fixo para o senhor Gunnell com a força de furacão daqueles seus olhos verdes que tudo veem.

Aquele olhar tirou a força dos braços do senhor Gunnell, posso garantir. O suor escorria dele quando ele girou e voltou pela fileira de garotos calados, apavorados. No caminho, ele deixou cair a vara. Hector, sangrando do golpe que tinha levado no rosto, apanhou a vara e a levou até a mesa do senhor Gunnell. O burro não tinha previsto essa, não é? Não, ele estava ocupado demais verificando a fita adesiva da sua meia peruca e enxugando o suor da testa.

– O senhor esqueceu isto aqui – disse Hector calmamente, baixando a vara com estrondo na pilha de cadernos em cima da mesa do senhor Gunnell. O senhor Gunnell, acreditando que ia ser atacado, encolheu-se e levantou os braços de tanque do exército acima da cabeça.

Não é preciso dizer que ele nunca mais espancou Hector.

Vinte e quatro

O dia em que o homem do casaco de couro apareceu é um dia que nunca vou esquecer. E isso não teve nada a ver com o foguete lançado para a porcaria da Lua. Àquela altura, eu não ligava a mínima para o pouso na Lua. Para começo de conversa, nunca liguei. E por que deveria? Eu deixava isso para os da laia de Hans Fielder e seus palhaços. Todos eles engoliam aquela bobajada.

Em vez disso, eu e Hector preferíamos pensar em nosso Planeta Júniper. Ele tinha três luas, dois sóis. O povo que vivia lá era generoso, sábio e pacífico. Eles sabiam quem eram os verdadeiros alienígenas: os Moscas-Verdes e os homens de casaco de couro. Todos eles, dizia Hector, tinham vindo de Marte, o planeta vermelho. Eram marcianos aqui.

Eu tinha certeza de que tudo de que precisávamos era fazer chegar uma mensagem ao Planeta Júniper, e eles viriam salvar o mundo, tornar possível que eu e Hector fôssemos morar na terra das Croca-Colas. Prometi a Hector que era isso que iríamos fazer. Uma promessa é para ser cumprida.

Todos os que tinham sofrido lavagem cerebral na Terra Mãe podiam ficar tão entusiasmados quanto quisessem com a missão à Lua. Eu não podia. Por que não? Porque nós estávamos com o homem da Lua escondido no nosso porão.

Vinte e cinco

De uma janela, pude ver o senhor Hellman acompanhando o homem do casaco de couro de volta ao seu Jaguar preto. Por um instante, o senhor Hellman sumiu no nevoeiro do escapamento do carro, que partiu em alta velocidade.

Perdi o almoço na escola porque tive de comparecer ao gabinete do diretor. Só queria ter perdido também o recreio. Um recreio para quebrar seus ossos, quebrar seu nariz, dobrar sua alma, dobrar seu espírito. Dobrar você.

Eu me recuso a ser dobrado.

Por algum motivo, o senhor Hellman tinha achado que seria uma boa ideia instalar um banco de parque no pátio da escola. Não me digam que ele não sabia exatamente o que ia acontecer se um banco fosse empurrado na diagonal, atravessando o canto do pátio. Quer dizer, ninguém precisa ser bom em matemática para calcular isso. A carneirada se sentava em cima do encosto do banco para nenhum professor poder ver o que estava acontecendo. E então, no pequeno triângulo escondido pelo banco, um garoto espancava um mais fraco, um nanico ou um que não se enturmasse, um que fosse diferente do resto do rebanho.

Hans Fielder tinha voltado a ser o de antes, agora que não havia mais nenhum Hector para atrapalhar seu modo de ser. Ele era o instigador. E mandou seus palhaços me cercarem e me empurrarem para trás do banco.

– O que uma autoridade ia querer com um jumento?

– Você está falando do homem do casaco de couro? – perguntei. Eu podia ver que Hans Fielder estava tenso, como um soldadinho mecânico, com toda a corda, pronto para o combate.

– É claro que estou falando dele, seu imbecil.

Veja só, desde que nasceu, Hans Fielder bebeu guloso todo o leite de carneiro da Terra Mãe. A senhora Fielder tem oito, nove, dez, onze filhos. Não consigo me lembrar, não sou bom nesse negócio de contar carneiros. O que eu sei é que ela e o marido vivem dos prêmios pelo apoio patriótico que dão à Terra Mãe. Eles se orgulham de seu trabalho, que é denunciar todos os bons cidadãos que não seguem a linha do partido. É, esses Fielder têm filhos bem alimentados e bem vestidos.

Na nossa escola, é fácil descobrir os pais que são colaboradores. Os filhos deles usam calça comprida. Eu, como a maioria da classe inferior, uso calça curta que no passado foi comprida, antes que minhas pernas crescessem demais. Agora, a calça está cortada abaixo do joelho e os dois canos de pano estão guardados na caixa de costura da minha mãe, para o caso de ser necessário algum conserto.

Hans Fielder, da calça comprida e do *blazer* novo da escola, empurrou-me com força contra o muro do pátio e fez a pergunta mais uma vez. Seus capangas estavam reunidos em volta.

Não reagi quando eles começaram de novo a me agredir.

Vovô uma vez me disse, "Não importa o que você faça, Standish, não levante os punhos. Afaste-se. Se o expulsarem da escola, bem..."

Ele não terminou o que estava dizendo. Não havia necessidade.

Mas eu não consegui continuar calado.

– Da próxima vez que eu vir o homem do casaco de couro, posso até falar para ele da sua mãe.

Hans Fielder parou de me esmurrar.

– Falar o que da minha mãe? – perguntou.

– De como ela denuncia as pessoas, inventa mentiras, manda gente inocente para as fazendas de larvas, para manter você de calça nova.

Isso o fez parar. A dúvida é um bicho enorme, dentro de uma crocante maçã vermelha. Não era preciso ser um cientista, especialista em foguetes, para saber quem eram os verdadeiros idiotas ali: Hans Fielder, que acreditava estar destinado a grandes feitos, junto com sua turma de arruaceiros. Todos eles eram carneirinhos de uma só voz, toda aquela turma de desajustados. Eles nunca questionavam nada. Não havia entre eles nem um único exemplar raro de um sábio que perguntasse por quê, só carneirinhos simples, tosquiados, alvejados. Aqueles idiotas de cérebro programado não enxergavam que, como todos os outros que morávamos na Zona Sete, eles nunca iriam sair dali. A única chance que Hans Fielder tinha de escapar era a de ser despachado para lutar com os Obstrutores, e isso era o mesmo que fazer uma reserva de um lugar no crematório. Mas a consciência disso ainda não tinha ocorrido a ele.

E, assim, o espancamento continuou. Eu pensava na minha carne como uma parede. O eu que está por dentro da parede eles não têm como intimidar, não têm como tocar. Por isso, enquanto eles batiam no tambor da minha pele, fiquei pensando naquele homem de casaco de couro e para onde seu Jaguar preto iria em seguida. Na minha imaginação, eu podia ver o carro entrando na nossa rua. Ele não teria nenhuma dificuldade em descobrir onde moramos. Afinal de contas, era a única fileira de casas que permanecia em pé. Vi o homem do casaco de couro encontrando nossas galinhas, nossa TV, empurrando Vovô para descer ao porão e, o pior de tudo, descobrindo o homem da Lua. Tudo isso eu estava vendo na minha cabeça, como um filme que estava passando e terminava mal.

– Standish Treadwell – gritou o senhor Gunnell –, o que você está fazendo aí atrás? A campainha já tocou.

Eu nem tinha percebido. Senti o sangue na minha boca, apalpei meu nariz e achei que pelo menos ele não estava quebrado.

Vinte e seis

– Standish Treadwell! – gritou o senhor Gunnell mais uma vez, com o rosto vermelho. Seus olhos estavam saltados, da mesma forma que duas veias que subiam na direção daquela peruca incômoda.

Saí de trás do banco e parei diante do senhor Gunnell. Meu nariz sangrava e um dos meus olhos, meio fechado, recusava-se a abrir. Ele estava segurando sua vara, batendo com ela na palma da mão, e sua língua estava saindo pelo lado da boca pequena e cruel. Foi então que tive uma espécie de revelação. Eu era mais alto do que ele. Pude ver que seus braços de tanque estavam bem azeitados para uma surra. Pude ver que, quer ele gostasse, quer não, ele era forçado a olhar para o alto para mim. Exatamente como precisava levantar os olhos para Hector.

– O senhor não pode continuar a bater em mim – falei. – Sou mais alto que o senhor. Escolha alguém do seu tamanho.

A turma inteira estava assistindo, boquiaberta. Nem Hector nem ninguém, estou dizendo ninguém, nem mesmo o Monitor, respondia a um professor. Dava para ver as engrenagens da cabeça do senhor Gunnell girando.

– Treadwell, seus cadarços estão desatados.

Curvei-me, evitando os punhos, sentindo a vara nas minhas costas. Olhei rápido para o alto, vi seu queixo se projetando e, sem pensar duas vezes, voltei depressa à posição de sentido, certificando-me de atingir seu queixo por baixo com a maior força possível. Ouvi com prazer o som dos seus dentes estalando e então estiquei meu braço numa saudação, com o maior vigor que pude, direto no seu peito. Preciso dizer que até eu fiquei surpreso com a minha força. O senhor Gunnell recuou tropeçando, e sua meia peruca, um coelho morto, soltou-se da prisão e pulou sem cerimônia no piso do pátio.

A turma inteira começou a rir, inclusive Hans Fielder, mas foi o Eric "Baixinho", aquele da calça curta, do cabelo louro brilhante, como que oxigenado, quem riu mais. Ele não conseguia se controlar, especialmente quando o senhor Gunnell deu mais um passo para trás e sem querer pisou na própria peruca.

Vinte e sete

Eu estava pensando que aquilo ali não era assunto para risada e que agora o senhor Gunnell ia acabar comigo. Seus olhos estavam vidrados, com uma expressão de puro ódio. Ele veio na minha direção com a vara erguida. Fiquei esperando o golpe, mas no último instante ele mudou seus planos. É que o Eric "Baixinho" ainda estava rindo. Ele puxou o garoto para perto de si pela orelha e começou a espancá-lo, primeiro com a vara, até ela quebrar, depois com os punhos. Ele não parava, seus socos cada vez mais fortes. O Eric "Baixinho" estava no chão, enroscado como uma bola, chorando, chamando pela mamãe.

Isso pareceu alimentar a raiva do senhor Gunnell, porque ele agora estava chutando o Eric "Baixinho" sem parar, aos gritos.

– Nunca mais ria de mim! Eu devo ser tratado com respeito!

Quanto mais o Eric "Baixinho" chorava, mais o senhor Gunnell batia. Nós todos estávamos paralisados, olhando, enquanto pingos de sangue se esparramavam no chão do pátio. Eric Owen não estava se mexendo, e eu soube exatamente o que o senhor Gunnell estava prestes a fazer quando ele ergueu sua bota do exército bem alto, acima da cabeça do Eric "Baixinho".

Investi contra o senhor Gunnell e atingi o canalha com a maior força que pude. Sua bota por muito pouco não esmagou o crânio do Eric "Baixinho". Para me certificar de que o senhor Gunnell não iria causar estrago ainda maior, acertei-lhe mais um golpe, um forte murro no nariz. Ouvi um estalo, e ele deu um ganido de dor, com muco sangrento escorrendo para seu bigode.

O senhor Hellman tinha mandado a senhorita Phillips descobrir por que estávamos atrasados. Éramos a única turma que não estava no salão de reuniões, e em cinco minutos ia se fazer história: o foguete seria lançado da Terra Mãe. De início, a senhorita Phillips não conseguia ver direito o que tinha acontecido, porque todos os garotos estavam reunidos em volta de Eric Owen.

– Senhor Gunnell – ela disse irritada –, o que está acontecendo?

– Uma questão de disciplina, só isso – respondeu o senhor Gunnell.

Vinte e oito

A senhorita Phillips abriu caminho entre os alunos apavorados e viu o Eric "Baixinho" Owen caído ali como um saco torcido; seu cabelo não mais louro oxigenado, mas vermelho de sangue; seu rosto, carne crua, um dos olhos pendurado para fora da órbita.

O senhor Gunnell estava parado, empertigado. Todos estavam em silêncio. Ficamos olhando a senhorita Phillips se curvar sobre o que restava de Eric Owen. Ela segurou o braço quebrado e mole do garoto, na esperança de sentir sua pulsação. Voltou-se para um dos carneiros.

– Vá buscar ajuda, depressa. – O garoto saiu correndo. – Quem fez isso? – perguntou, tremendo de raiva. – Quem é o monstro que fez isso?

– Standish Treadwell – disse o senhor Gunnell.

– O que aconteceu aqui, Standish? – ela me perguntou.

E eu lhe contei.

– Foi o senhor, senhor Gunnell? – perguntou com voz incrédula.

– Não admito que riam de mim – disse o senhor Gunnell, dando com a mão ensanguentada um tapinha no lugar onde não estava sua peruca. – Exijo respeito. Não sou palhaço de ninguém.

Agora o senhor Hellman vinha correndo na nossa direção, seguido de outras pessoas da equipe. A senhorita Phillips fechou o olho bom do Eric "Baixinho" e com delicadeza enfiou o outro de volta na órbita. Levantou-se devagar. Havia sangue na sua saia. Havia sangue por toda a parte.

– Chamei uma ambulância. Vai ser difícil, a uma hora dessas – disse o senhor Hellman, sem coragem para olhar para baixo.

A senhorita Phillips respirou fundo com aquele seu nariz arrebitado e falou com muita calma:

– Senhor Hellman, o garoto morreu.

– Ele só está fingindo – disse o senhor Gunnell. – Logo vai ficar bem.

– Não vai, não – retrucou a senhorita Phillips.

— Isso é obra de Standish Treadwell — disse o senhor Gunnell.

Eu não disse nada.

O senhor Hellman olhou para mim como se eu fosse uma criatura caída do espaço.

Continuei sem dizer nada.

Para minha surpresa, foi Hans Fielder, o carneirinho queridinho do senhor Gunnell, que falou em alto e bom som:

— Standish Treadwell não teve nada a ver com isso, senhor. Ele tentou salvar o Eric "Baixinho". Foi o senhor Gunnell que o espancou até a morte.

— Mentiroso! — gritou o senhor Gunnell. — Seu mentiroso, filho da mãe!

Hans Fielder estava em pé, alto, olhando direto para seu professor; o cabelo louro dourado; os olhos, de um azul de saco plástico barato, brilhando de emoção.

— Eu nunca minto, senhor — disse. — Nunca.

Vinte e nove

Tudo o que eu queria fazer era ir para casa e me certificar de que Vovô estava bem. Eu sabia que, se tentasse fugir, eu, meu avô e o homem da Lua acabaríamos numa fazenda de larvas. Uma vez que você se encontre lá, você não passa de ração para moscas.

A escola inteira estava reunida no ginásio para essa ocasião importante. O lugar cheirava a repolho cozido demais, cigarros e corrupção. Os professores estavam com seus trajes de festa. Dava pena ver todo aquele bando.

Naquele silêncio, minha vontade era gritar a plenos pulmões: por que não existe entre vocês um lobo que seja para nos proteger? Professor. Prestem atenção nesta palavra: professor. Supostamente, sua função é ensinar, não esmurrar a cabeça dos alunos até a morte.

Trinta

As más notícias se espalham depressa. Não precisam de palavras. Mesmo quem não conhecia o Eric "Baixinho" Owen sabia que ele tinha morrido.

Foi o zelador da escola que o cobriu com uma lona. Deixaram seu corpo quebrado, caído, abandonado no pátio. Ninguém tinha permissão para perder esse divisor de águas, esse dia histórico em que os puros impiedosos da raça desumana estavam mandando um homem para a Lua.

Trinta e um

Uma bandeira imensa da Terra Mãe encobria a parede dos fundos do ginásio. Lá, num palanque improvisado, estava uma televisão que deixava a desejar. Para esse magnífico acontecimento, cada escola no território ocupado tinha recebido como empréstimo, só para esse dia, uma televisão em funcionamento.

O senhor Muller, o professor de matemática, deu tudo de si para fazer desaparecer o chuvisco, segurando a antena a alturas diferentes, com os braços se agitando loucamente.

– Aí, exatamente aí – gritou o senhor Hellman.

– Não posso ficar nesta posição, com os braços para cima, é ridículo! – O senhor Muller cuspia as palavras no seu bigode de pelo de arame infestado de pulgas.

Usaram um cabide para chapéus. Um modo muito técnico de resolver o problema nesta era de homens na Lua e assassinatos. Mas a televisão ainda não funcionava direito. As imagens se partiam, iam e vinham.

– Vocês todos estão vendo? – perguntou o senhor Muller.

Ninguém disse uma palavra. Eles já tinham visto demais.

Trinta e dois

Eu e Hector – ou deveria ser Hector e eu? – costumávamos brincar de teatro de fantoches. Fazíamos um teatro com uma caixa velha. Acho que o senhor Muller talvez tivesse se saído melhor fazendo um teatro de fantoches do que tentando obter uma imagem naquele aparelho quebrado. Tudo poderia ter sido muito bem apresentado. Ele só precisaria de um foguete meio bambo puxado num arame na direção de uma Lua meio bamba, onde astronautas de papel-alumínio andariam numa superfície meio bamba, feita de queijo.

Sabe de uma coisa? Eu não ligava a mínima para presenciar ou não esse momento histórico. Acho que talvez – não, nada de talvez, não existe a menor dúvida quanto a isto –, acho que os Moscas-Verdes e os homens de casaco de couro, ou os marcianos, como Hector os chamava, não deveriam ir a parte alguma, a não ser voltar para a droga do planeta deles. Não engulo essa bobeira de raça pura. Não há nada de puro em nenhum desses palermas.

Discursar para nós foi uma gentileza da Presidente da Terra Mãe. A líder dos marcianos mentecaptos. Ela sempre tinha a mesma aparência, nunca mudava. Seu cabelo era uma construção de arame de aço; seus olhos não piscavam. Ela não me enganava, nem um pouco. Por baixo daquela pintura do rosto, perfeita como propaganda, sua pele era vermelha e descamada, e no lugar da boca havia um buraco. As palavras dela eram larvas que se enfurnavam na nossa cabeça preocupada, fazendo apodrecer todas as ideias de liberdade.

– Hoje, nós, a raça da pureza, demonstraremos nossa supremacia técnica diante dos países corruptos cuja ambição é destruir a Terra Mãe.

Ela fez seu costumeiro discurso olímpico, sem paradas, e no final todos levantamos em posição de sentido, fileiras de garotos com pretensões a soldadinhos quebra-nozes. Fizemos a saudação. Percebi que foi a saudação mais desanimada que eu já tinha visto na escola. Somente o braço do senhor Gunnell estava esticadíssimo, seus olhos vidrados como bolas de gude.

Nós sentamos de novo no chão, com as pernas cruzadas. Foi surpreendente a imagem ter ficado nítida. Eles nos mostraram fotografias de cada um dos três astronautas. Seus nomes apareceram luminosos na tela. Nomes que supostamente eram difíceis de esquecer. Nomes dos quais eu não conseguia me lembrar. Para mim, eles eram uma única palavra, longa e ilegível, que se juntava a todo um monte de outras palavras ilegíveis.

Elas apareciam em cada uma das fotos do grupo que estavam expostas por toda a Zona Sete: ARO5 SOL3 ELD9. Só depois que o homem da Lua chegou olhei de novo para aquela palavra. Algumas das letras estavam estampadas no seu traje espacial. E aqui estavam as letras de novo na televisão. Na foto de cada astronauta havia uma parte daquela palavra sem sentido.

ARO5 – bem apessoado, com o cabelo cortado curto, à escovinha. A seu lado, como sempre, estava SOL3. Esse dava a impressão de que tinham lustrado seu rosto de modo que brilhasse. Eu sabia que ele era o herói dourado das Mães pela Pureza. O último do trio era ELD9. Sua cabeça estava raspada, seu rosto bem alimentado, inflado, cheio. Mas eu sabia qual era sua aparência real.

ELD9 era a palavra que aparecia impressa no traje espacial daquele homem da Lua. ELD9 não estava na Terra Mãe. Estava no nosso porão.

Trinta e três

A câmera voltou sua atenção para a sala de comando. Até aquele momento, eu tinha imaginado que podia ser que houvesse um jeito de escapar de toda aquela baboseira. E então soube que não havia. A sala de comando estava lotada de homens de uniforme e jalecos brancos. Tive vontade de levantar, abandonar toda a cautela. Eu já estava totalmente encrencado de qualquer maneira. Levantei e fui andando até a frente. É que eu tinha certeza de ter avistado, entre todos aqueles cientistas, o senhor Lush. Esperem – parem –, não mudem essa imagem.

Puxa vida, eu estava certo. Pedras de chumbo nos meus sapatos. Pedras de chumbo na minha cabeça. Pedras de chumbo no meu coração. Naquele instante eu soube qual era o segredo, o segredo que Hector tinha se negado a me contar. Que o homem da Lua era incapaz de dizer.

Trinta e quatro

O foguete foi lançado para um céu cinza-claro. É claro que só estávamos vendo aquilo em preto e branco. Era o comentarista que estava informando as cores. O foguete era vermelho, o céu era azul. Tudo me parecia bastante cinza. Ele subiu cada vez mais alto, até não ser mais do que um ponto.

Houve uma comoção do lado de fora do ginásio. O homem do casaco de couro tinha voltado, acompanhado de uma quantidade impressionante de Moscas-Verdes e detetives. Os detetives estavam usando óculos escuros de armação quadrada. Imagino que os óculos tornassem mais difícil enxergar as provas. O homem do casaco de couro estalou um dos seus dedos protegidos por luvas de couro, e os Moscas-Verdes entraram marchando no ginásio. Um deles desligou a televisão, e o senhor Gunnell foi levado para o lado de fora. O senhor Hellman ordenou que voltássemos para nossas salas de aula. Hans Fielder, o Monitor, ficou encarregado da nossa turma.

Eu estava sentado junto da janela, já sem sonhar acordado. Havia realidade demais, tanta que excluía a possibilidade de devaneios. Dali eu podia ver a lona com respingos de tinta que cobria o corpo do Eric "Baixinho". Ela estava manchada de vermelho. Um halo de moscas pairava acima dele.

Hans Fielder estava nitidamente constrangido, sentado na cadeira do senhor Gunnell. Ninguém falava. Por fim, um detetive entreabriu a porta e gritou dois nomes.

Eu já estava esperando por isso, e Hans Fielder também. Seguimos o detetive ao andar inferior, até o banco do lado de fora do gabinete do senhor Hellman. Aposto duas meias iguais e uma calça comprida que Hans Fielder nunca tinha precisado sentar ali antes. Eu tive a sensação de que essa era minha última vez. Odiava a ideia do que aconteceria comigo e com Vovô se eles tivessem encontrado o homem da Lua no nosso porão.

Hans Fielder foi chamado. Ele se levantou daquele banco como um disco voador. A porta se fechou atrás dele, e um dos Moscas-Verdes, com o fuzil inclinado diante do peito, ficou vigiando a porta. Ou me vigiando. Não sei bem qual dos dois.

Ouvi palavras, depois a vara do senhor Hellman. Hans Fielder foi cuspido de volta para o corredor. Tinha molhado a calça. Era o que quase todo o mundo fazia depois dos espancamentos do senhor Hellman. Aposto que aquela surra foi mais forte do que a média. Ele precisava impressionar o homem do casaco de couro. Aposto que essa era sua única chance de continuar com aquele seu relógio barato.

Então chegou a minha vez.

Trinta e cinco

O homem do casaco de couro estava sentado na cadeira do senhor Hellman. O senhor Hellman estava em pé, empertigado, esfregando o pulso. A tinta preta do seu cabelo escorria pelo seu pescoço em filetes de suor.

– Cá estamos mais uma vez, Standish Treadwell – falou o homem do casaco de couro.

Fiz que sim. Ele tinha tirado uma das luvas. Sua mão nua era grande, branca como peixe morto. Diante dele, em cima da mesa, estava o relógio do senhor Hellman.

– Eu não tinha percebido antes – disse. – Você tem um olho diferente do outro: um é azul, e o outro, castanho-claro.

Ele estava sendo poético ou só afirmando o óbvio? Que eu tinha dois defeitos nítidos?

Continuei calado.

– Estou certo se disser – perguntou o homem do casaco de couro – que você foi espancado porque não quis contar aos outros garotos o motivo da nossa conversa?

– Está, senhor. – Essa eu respondi.

– Por quê?

– Porque não é da conta de ninguém. É coisa minha.

O homem do casaco de couro estava me examinando com muita atenção mesmo.

Fiz a melhor cara de nada que consegui. Se você for inteligente, souber mais do que deve, vai sobressair como um céu verde acima de um campo azul; e, como todos nós sabemos, a Presidente da Terra Mãe acredita que pintores que façam esse tipo de quadro devem ser exterminados.

Eu estava esperando para ser espancado ou levado dali.

– Standish Treadwell – disse o homem do casaco de couro –, nem por um instante eu acho que você seja tão burro quanto gostaria que acreditássemos.

Minha boca não abriu.

– Muita coisa anda passando aí por essa sua cabeça – observou. – Você sabe que "burro" é o que a Mãe Natureza pretendia que todos os meros mortais fossem? Burro boia como merda e como nata. Burro faz tudo o que mandam. Uma pessoa burra não quebraria o nariz do professor, mesmo que esse professor estivesse matando um aluno seu colega. Um burro ficaria ali parado, olhando. Você não é burro, Standish Treadwell, é?

O homem do casaco de couro de repente bateu com o punho sem luva no relógio do senhor Hellman, com toda a força. O relógio se espatifou com um agradável ruído metálico, enquanto pequenas engrenagens do tempo giravam pelo tampo da mesa.

O senhor Hellman tremia.

– Estou esperando – disse o homem do casaco de couro, enquanto, com um gesto, varria as migalhas do tempo para a cesta de lixo.

– Acho que um sábio teria feito vista grossa.

– Com que olho, Treadwell, o azul ou o castanho? – Ele deu uma risada de metralhadora e se voltou para o senhor Hellman. – Qual é a sua opinião? – perguntou, ainda com o sorriso no rosto.

– Para mim – respondeu o senhor Hellman entre dentes soldados com aço –, por mim, Standish Treadwell está expulso desta escola.

– Pena você não ter tido essa ideia muito tempo atrás – disse o homem do casaco de couro.

Trinta e seis

Eu não sabia o que se esperava que eu fizesse depois disso. Voltei desacompanhado até minha sala de aula, certo de que se tratava de algum tipo de armadilha. No patamar do primeiro andar, parei e olhei pela janela para o pátio. O homem do casaco de couro estava passando perto do corpo do Eric "Baixinho" com o senhor Gunnell. Ele parou, e o senhor Gunnell pareceu surpreso. O homem do casaco de couro tirou calmamente a pistola do coldre e levou o cano à têmpora do senhor Gunnell. Um tiro ecoou, ricocheteando pelo pátio. O senhor Gunnell caiu ao chão.

Sabe de uma coisa? Não dei a mínima.

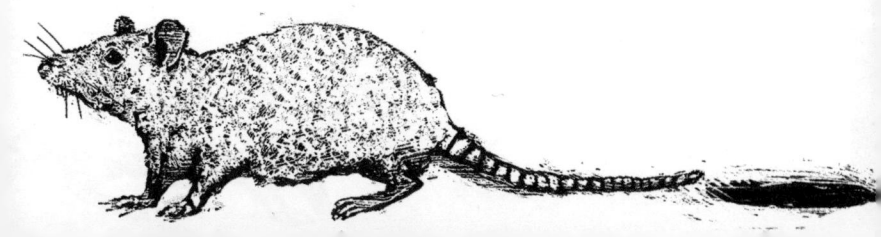

Trinta e sete

Na sala de aula, Hans Fielder estava parado no canto do aluno vadio, com uma tesoura na mão. Ele tinha cortado as pernas da calça, como Robinson Crusoé. Só Deus sabe quantas mentiras a senhora Fielder tinha precisado inventar para ser premiada com aquela calça. Acho que ela não vai ficar muito feliz em saber que tem nas mãos um filho rebelde. Mas isso é problema dela, não meu. Não, meu problema tem o tamanho de um elefante. Como se come um elefante, senhor? Pedacinho por pedacinho.

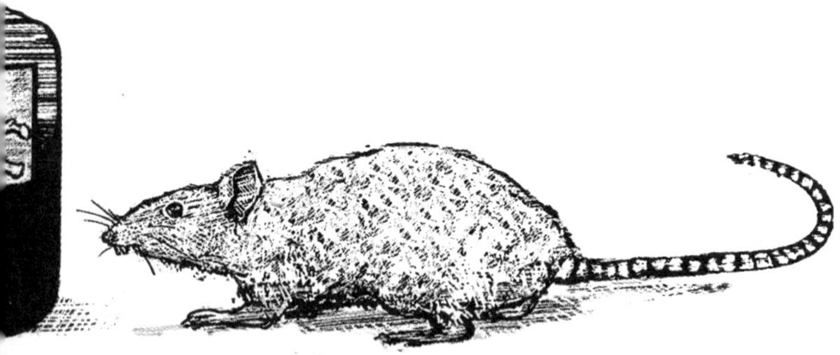

Trinta e oito

Eu disse ao Mosca-Verde que estava encarregado de nós que eu tinha sido expulso. Ele não respondeu. Acho que o manual deles não diz nada sobre como lidar com alunos que não cooperam. Todos os garotos na sala estavam com a cabeça baixa. Eu era um indesejável entre os carneiros. Voltei para a minha carteira. Estava me sentindo um idiota e não sabia o que fazer, então, levantei a tampa da carteira. Havia um bilhete preso ali dentro. Estava escrito em letras grandes para que eu, que não sei ler, conseguisse ler.

VOCÊ E SEU AVÔ
CORREM SÉRIO PERIGO.
ESTA NOITE OS OBSTRUTORES
VÃO BUSCAR A VISITA.

Entendi a mensagem. Guardei o papel no bolso da calça. Não havia mais nada na minha carteira. Da janela da sala de aula, vi um furgão entrar no pátio. Dois funcionários, supervisionados pelos Moscas-Verdes, levantaram com delicadeza o corpo do Eric "Baixinho" Owen e, com menos delicadeza, o do senhor Gunnell, colocando-os no furgão.

O que aquele bilhete me dizia era que desta vez não havia escapatória.

Eu estava no corredor quando vi a senhorita Phillips. Ela ainda estava com a saia ensopada de sangue. Passou direto por mim sem dar uma palavra, e eu quase tive um treco quando senti um dedo no meu ombro. A senhorita Phillips tinha voltado com a rapidez de um raio enquanto a câmera giratória estava virada para o outro lado.

– Diga a Harry que eles sabem – sussurrou no meu ouvido e correu para o local no corredor onde a câmera a encontraria em seguida.

Mantive uma expressão tão neutra quanto possível, o que não foi fácil, tendo em vista o que a senhorita Phillips tinha acabado de dizer.

Trinta e nove

Havia sangue no chão do pátio. Um sapato do Eric "Baixinho", gasto e puído, ficou ali abandonado. A sola daquele sapato berrava como um megafone.

– Acorda, Standish, acorda, seu sonhador idiota! Acorda! Ou você vai acabar morto como eu.

Na portaria, o encarregado da escola nem mesmo levantou os olhos do seu jornal. Eu estava a ponto de lhe dizer que tinha sido expulso quando ele pressionou o botão de acionamento da fechadura elétrica dos portões da escola. Saí dali andando devagar como uma lesma, perguntando-me por que ninguém me impedia.

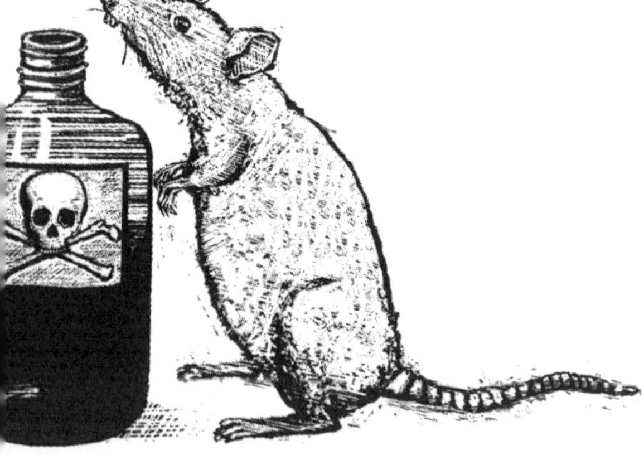

Quarenta

Você achou que eu nunca tinha visto tamanha crueldade? Todos nós tínhamos. Nada como a morte inesperada e apavorante para manter todos calmos e obedientes.

Eu estava me esforçando ao máximo para imitar meu eu de antigamente, aquele que parecia imerso em sonhos. Meu plano era simples: ir para casa.

– Standish!

Vovô estava vindo pela rua na minha direção. Nós procurávamos nunca correr, porque isso chamava a atenção, e o que tanto Vovô quanto eu menos queríamos na Zona Sete era qualquer tipo de atenção.

– Onde você estava? – perguntei, quando me aproximei dele.

– Na igreja velha, assistindo à televisão.

Só então foi que me ocorreu, como um raio, que alguém devia ter mandado Vovô ir me buscar.

– Disseram que houve um problema na escola.

– Houve. O senhor Gunnell matou o Eric "Baixinho" Owen e eu fui expulso.

Ele pôs a mão no meu ombro e me deu um aperto. Esse aperto disse tudo. Ele disse: graças a Deus você está bem.

Continuamos a andar, deliberadamente devagar, pela rua onde no passado havia lojas que vendiam coisas que as pessoas talvez quisessem. Não mais. Todas as lojas estavam lacradas com tábuas.

Meio sem abrir a boca, num sussurro baixíssimo que fez meu avô ter de se inclinar para perto de mim, eu lhe disse:

– Isto é uma cilada.

– Eu sei – respondeu Vovô.

Por pior que as coisas estivessem, Vovô sempre pareceu um gigante aos meus olhos. Ele não era feito de peças monstruosas.

Quarenta e um

Havia dois homens, policiais à paisana, seguindo-nos num carro.

Vovô sorriu para mim como se aquela fosse uma bela tarde de verão, um dia do qual devíamos nos orgulhar.

– Você ouviu o discurso da Presidente da Terra Mãe? – perguntou.

– Ouvi – respondi. – Mais ou menos. O aparelho de TV...

Um dos homens no carro estava com um binóculo fazendo leitura labial.

– Você viu os astronautas andando até o foguete? Puxa, como eles são corajosos.

– Muito impressionante – respondeu Vovô. – É bom saber que eles podem lançar todos aqueles mísseis de lá da Lua. Isso resolve tudo, dá um fim nos inimigos da Terra Mãe.

– Essa parte nós perdemos – falei. – Deve ter sido na hora em que o senhor Gunnell foi executado.

Ou éramos simplesmente chatos demais para os detetives se incomodarem conosco, ou eles tinham descoberto alguma coisa mais importante a fazer, porque o carro deles saiu em disparada.

Seguimos em frente, passamos pelo ponto de ônibus desativado na rotatória e atravessamos a rua deserta. Foi então que lhe falei do Eric "Baixinho", do bilhete e da senhorita Phillips. Ele ouviu com atenção, avaliando tudo.

Numa ponta da nossa rua ficavam as grandes casas emproadas. Era ali que moravam as boas Famílias pela Pureza. Elas pareciam bastante sólidas, mas só se mantinham unidas com a cola dos ossos dos mortos.

Ao longe, bem no alto da rua, dava para ver aquela construção medonha que deveria ter sido deixada nas cinzas quando de seu primeiro incêndio. Suponho que isso contribuísse para o efeito teatral de que tudo estava como deveria ser. Mas posso lhe garantir que não estava.

Aquele enorme prédio monstruoso estava aceso. Ele brilhava mais do que as estrelas, mesmo durante o dia.

Isso significava alguma coisa. As pessoas na Zona Sete não ousavam perguntar por quê. Só queríamos saber o que acontecia lá dentro. Por que o prédio precisava de tanta eletricidade, se nós, quando tínhamos sorte, só tínhamos uma ou duas horas por dia? Dava para ouvir os cidadãos da Zona Sete fazendo essa pergunta a si mesmos em silêncio. Ela se esgueirava pelas ruas, escorria da boca de todos os que se encontravam.

Bem que eu queria não ter nem mesmo a menor ideia de qual poderia ser a resposta, mas eu tinha.

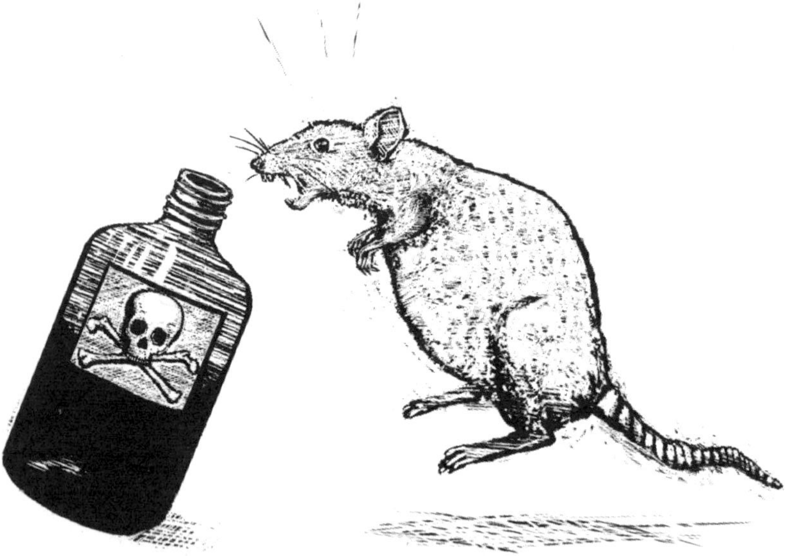

Quarenta e dois

Na parte baixa, onde as árvores altas escondiam o resto da nossa rua, as casas eram só entulho, tendo sido destruídas por abrigar indesejáveis ou células de terroristas.

Naquele verão, naqueles subúrbios decrépitos, rosas brancas tinham surgido entre os escombros de tijolos e reboco. Vovô dizia que, se a humanidade fosse louca suficiente para se autodestruir, pelo menos os ratos e as baratas poderiam assistir de camarote, apreciando a visão da Mãe Natureza recuperando a terra.

Diante da nossa casa, dois carros pretos estavam aguardando. Ficamos olhando enquanto o aparelho de televisão era levado embora.

— E se o encontrarem? — perguntei num sussurro.

– Não encontrarão, nem mesmo com seus cães. Também não encontrarão as galinhas.

– Então por que deixar que eles levem a televisão?

Eu sabia que aquilo significava o fim da mulher de plástico, que se divertia a valer na terra das Croca-Colas.

– Porque, se eu não fizesse isso, eles ficariam ainda mais desconfiados de que nós estávamos aprontando alguma coisa. Ceder a televisão é uma pena mais leve do que a alternativa.

Isso não me serviu de consolo.

Quarenta e três

Foi no meu aniversário, em março, depois daquele inverno terrível, que Vovô me deu seu presente.

Tanta coisa tinha mudado desde a chegada de Hector, oito meses antes, que eu tinha me esquecido totalmente da bola de futebol. Vovô a tinha consertado e a embrulhado para presente em jornal velho.

— Podemos chutar, ou é só para ficar olhando? — perguntou Hector.

— Você poderia jogar pela Terra Natal com essa bola — disse Vovô.

A senhora Lush tinha passado semanas juntando tudo de que precisava para fazer meu bolo de aniversário. Ela nos contou que os ingredientes secretos do bolo foram conseguidos com suas receitas. Tinha trocado suas receitas por manteiga, por açúcar. A senhora Lush era genial em preparar refeições com quase nada. Qualquer um que soubesse fazer isso tinha algo de valor para trocar.

Achei que foi o melhor lanche de aniversário de que eu me lembrava. Tentei me esquecer de Mamãe e Papai. Doía demais pensar neles. Só que eles não paravam de romper a barreira do som dos meus devaneios.

Quando meus pais eram professores na minha escola, Papai conseguia pelo menos dar a impressão de seguir a linha do partido. Mamãe, não. Ela deixava perfeitamente claro que não tinha a menor intenção de ensinar um monte de porcaria para crianças que mereciam coisa melhor. As Mães pela Pureza a detestavam. Ela se recusava a tratar os filhos delas, com suas calças compridas, de modo diferente daquele com que tratava os de calças curtas.

Um dia, sem mais nem menos, os Moscas-Verdes vieram a nossa casa e levaram minha mãe embora, arrastada. Ela tentou agarrar a mesa da cozinha, mas só conseguiu segurar a toalha. Tudo caiu no chão com estrondo. Vovô precisou conter Papai, usando toda a sua força, para evitar que todos nós nos tornássemos carne para larvas. Antes, eu nunca tinha visto meu pai chorar. Não lembro o que fiz. Pode ser que eu não estivesse ali. No dia seguinte, trouxeram Mamãe para casa de carro.

Corri para junto dela. A expressão nos seus olhos me dizia que ela não sabia quem eu era. Escorria sangue pelos cantos da sua boca. Ela não disse nada, nem uma palavra, nem mesmo quando estava sentada à mesa da cozinha. Papai se ajoelhou e por fim conseguiu que ela abrisse a boca. Vovô tampou meus olhos com as mãos e me tirou dali.

Naquela noite, Papai me disse que eles dois precisavam ir, que eu devia ficar com Vovô. Ele e Mamãe voltariam para nos buscar, prometeu.

Ainda estou esperando.

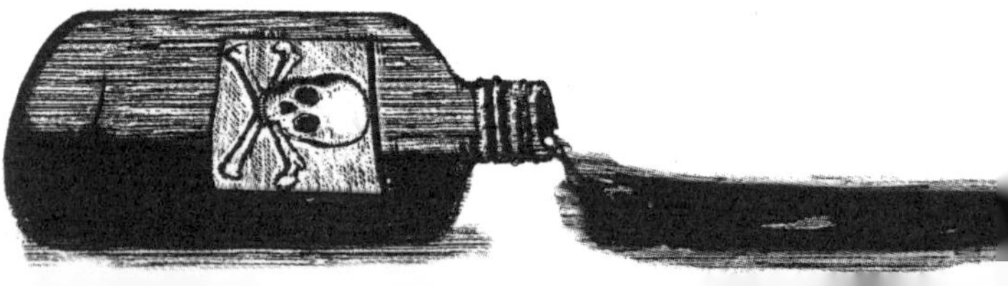

Quarenta e quatro

Vovô e os pais de Hector tinham feito uma horta enorme nos nossos jardins unidos. A esperança era que a horta nos fornecesse a maior parte da comida de que precisávamos para o inverno seguinte. Tínhamos até mesmo ocupado um terceiro jardim, que não servia muito para o cultivo, mas tinha um pequeno barracão que servia de estufa para mudas.

A horta significava que não havia lugar para jogar futebol. Na rua não dava, por causa do toque de recolher às quatro da tarde. De modo que só restava o parque do outro lado do muro. Nós sabíamos que não tínhamos permissão para ir lá, era expressamente proibido. Contei a Hector como eu tinha encontrado a bola achatada, em primeiro lugar. Que eu não tinha visto nenhum Mosca-

-Verde por lá. O problema foi que, assim que tivemos a bola nas mãos, a tentação foi grande demais. Era tão fácil. Seguíamos pelo túnel do abrigo antiaéreo para chegar ao parque mais além. No começo, íamos como pisando em ovos, mas depois, quando descobrimos que lá não havia Moscas-Verdes e que nem Vovô nem o senhor e a senhora Lush tinham sacado o que andávamos fazendo, íamos sempre que podíamos.

Foi só quando o muro que cercava o fundo do nosso jardim começou a crescer que decidimos que era melhor desistir de ir lá por um tempo. Pelo menos até o muro parar de crescer. Mas aquele muro simplesmente ficava cada vez mais alto. Aquilo não fazia sentido para nós. O muro já era de uma altura estonteante, para início de conversa. Por que alguém sentiria a necessidade de torná-lo mais alto?

Ouvimos o comentário de Vovô, do senhor e da senhora Lush:

– Vai começar de novo.

Nem Hector nem eu sabíamos o que eles estavam querendo dizer.

– O que vai começar de novo? – perguntei ao senhor Lush enquanto lanchávamos.

O senhor e a senhora Lush olharam para Vovô, em busca de uma resposta. Vovô não era homem de desperdiçar palavras. Por isso não disse nada.

Logo aquele muro estava quase da altura da nossa casa, se não mais alto. Ele começou a lançar uma sombra comprida sobre a horta, escondendo a luz do sol. Ele lançava uma sombra comprida sobre todo o mundo na Zona Sete.

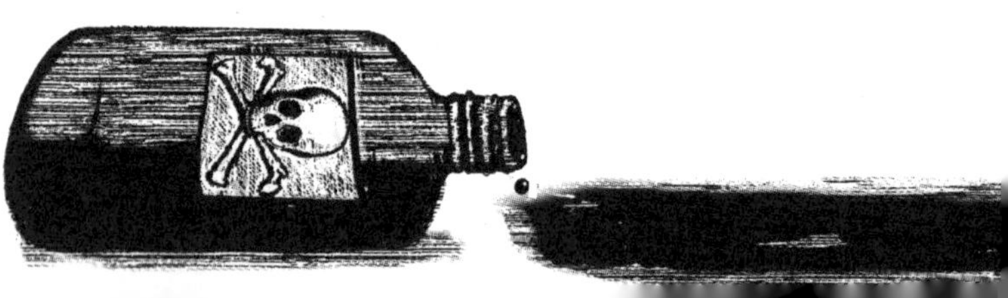

Quarenta e cinco

Um dia, oito ou nove semanas antes da missão à Lua, Hector e eu começamos a jogar futebol no calçamento irregular, perto do muro, junto do barracão de mudas. Estávamos no meio de um jogo bem animado quando eu fui e chutei a bola direto para o alto. Foi um acaso estranho. Não era para ela subir tanto. A bola simplesmente passou por cima daquela droga de muro. Ficamos os dois ali, de boca aberta, sem conseguir acreditar no que eu tinha feito.

– Não faz mal – disse Hector. – Passo rapidinho pelo túnel e encontro a bola.

– Não, é perigoso demais. A bola sumiu. Deixa para lá – falei.

O problema era que Hector não conseguia.

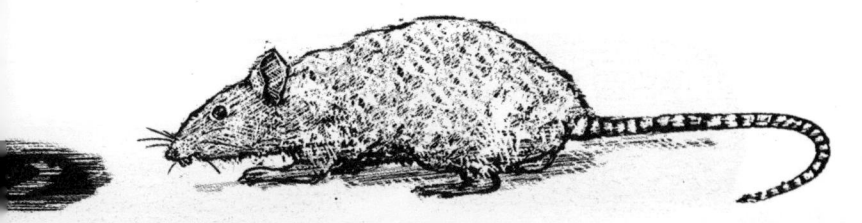

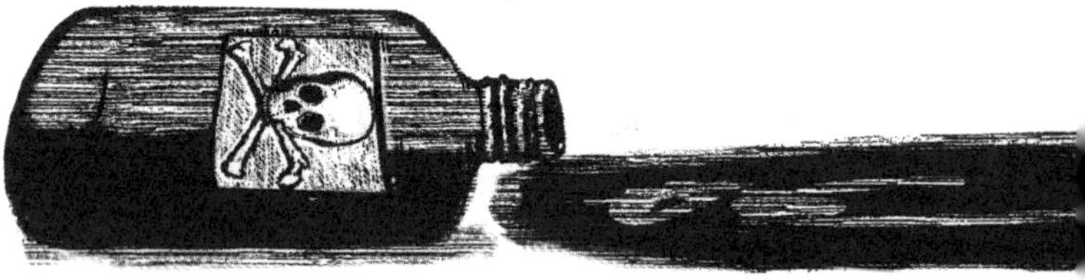

Quarenta e seis

Depois que perdemos a bola, choveu todos os dias, de modo que nem os Lush nem Vovô deram por falta dela.

Hector e eu nos concentramos em construir nosso foguete no sótão. Os jornais estavam tomados pela missão à Lua. Vejam bem a palavra "jornais". Essa foi a primeira vez que vi um. Jornalecos de propaganda do governo, como Vovô os chamava. Hector os lia para mim. Era sempre o mesmo lixo. Sempre sobre a Terra Mãe, sobre a pureza dos astronautas que iam conquistar o espaço. No final, decidimos que o jornal ficava melhor sem as palavras. Já as fotografias eram boas. Nós guardamos essas e fizemos papel machê com o resto.

– Se queremos viajar pelo espaço, Standish – disse Hector –, não vamos querer ir à Lua, com essa turma por lá.

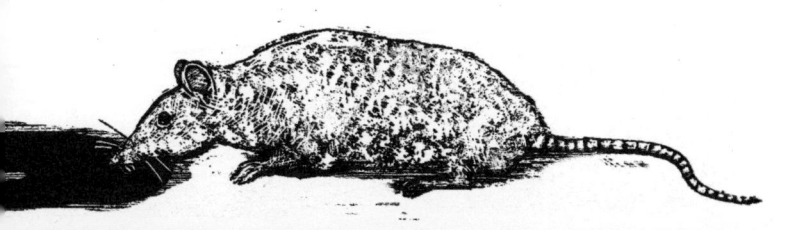

Descobri o Planeta Júniper sozinho. Eu o descobri na minha cabeça, mas isso não fazia diferença. Hector achou que provavelmente foi a maior descoberta que já tinha me ocorrido.

Desenhei o planeta. Desenhei os juniperianos. Desenhei o foguete, mais como um disco voador do que como alguma coisa que alfinetasse o céu. Hector resolveu que deveríamos construí-lo no sótão. Nós dois começamos a juntar todos os tipos de coisas de que pudéssemos precisar. Não era assim tão fácil fazer uma nave espacial a partir do nada, não quando tudo era usado, reutilizado e reutilizado mais uma vez. A ideia de que existisse lixo era uma piada.

Mas naquela semana, a semana em que chutei a bola por cima do muro, a semana em que choveu, a senhora Lush nos deu uma velha capa de mesa de passar roupa. Não havia eletricidade, de modo que não fazia sentido passar roupa. Perda de tempo, perda de esperança. Vou lhe dizer uma coisa, essa capa de mesa de passar roupa fez que eu parasse de me preocupar com a possibilidade de sermos fritos ou congelados no espaço.

Uma vez eu tinha ouvido o senhor Lush dizer: "Se eles acreditam que vão conseguir passar por toda aquela radiação em volta da Lua, usando nada mais do que papel-alumínio, são uns patetas."

Agora que estávamos com a capa da mesa de passar roupa, imaginei que não tínhamos com que nos preocupar.

Perguntei ao senhor Lush se ele sabia a que distância a Lua ficava da Terra.

– Aproximadamente 356.333 quilômetros – respondeu.

Uma bela enciclopédia ambulante, era o que o senhor Lush era.

O disco voador estava quase pronto quando Hector adoeceu.

Quarenta e sete

A senhora Lush era médica, mas não havia muita coisa que ela pudesse fazer por Hector, a não ser cuidar dele. Ela disse que um médico sem medicamentos é o mesmo que um pianista sem piano.

Vovô tentou arrumar um pouco de aspirina. Nada fácil. Afinal de contas, nós éramos as únicas pessoas que restavam na nossa rua, e simplesmente não se podia ir até uma das casas geminadas, emproadas, para pedir ajuda. Vovô disse que essa seria a forma mais rápida de nos tornarmos carne assada.

Foi quando a febre de Hector estava alta que os Moscas-Verdes arrebanharam todas as pessoas capazes na Zona Sete. Deixaram Hector. Ele estava doente demais para conseguir se manter em pé. Mas também não permitiram que a senhora Lush ficasse com ele. Fomos levados para o parque diante do prédio medonho no alto da nossa rua. A senhora Fielder e suas Mães pela Pureza receberam ordens de comparecer. Achei que esse era um bom sinal.

– Não há bons sinais na Zona Sete – disse o senhor Lush em tom sombrio.

Ficamos todos em pé, centenas de nós, ali reunidos. Vi a senhorita Phillips na multidão. Sorrateira, ela se aproximou de nós, até se posicionar ao lado de Vovô. Os Moscas-Verdes estavam nos empurrando para lá e para cá, com a coronha de suas armas, separando a brigada de calça comprida e bem alimentada para que se postasse lá na frente. Num palanque diante de nós havia alguns homens com câmeras. Nós esperamos.

Um carro fantástico chegou pela rua, parou, e dele saltou um homem de capa de chuva, com o cabelo muito mal cortado. O que ele estava fazendo ali, eu não tinha a menor ideia. Ficou em pé, sem dizer nada, enquanto um homem de casaco de couro gritava por um megafone. Ele pediu que todos os que falassem a língua dos bárbaros (ou será que era dos barbeiros?) levantassem a mão. Para o meu espanto, todos levantaram, menos Vovô, eu e os Lush. Nossas mãos ficaram para baixo. Os *flashes* se acenderam, as lâmpadas espocaram. Eu nunca tinha ouvido falar dessa língua dos bárbaros (ou dos barbeiros). Achei que tinha alguma coisa a ver com o cabelo mal cortado. Foi por isso que não levantei a mão. Vovô não levantou a dele porque sabia que era um truque para dar a impressão de que todos nós estávamos saudando a Terra Mãe, quando não estávamos.

A senhora Lush ficou felicíssima ao descobrir que Hector tinha dormido o tempo todo em que ela esteve fora. Ainda melhor: Vovô tinha conseguido um vidro de aspirina.

Hector deu um sorriso fraco quando lhe falei da pergunta sobre se falávamos a língua dos bárbaros (ou dos barbeiros).

— Eu me perguntei se aquilo tinha alguma coisa a ver com o homem de capa de chuva e seu cabelo mal cortado — falei.

— Standish, ele é nosso Comandante Supremo — disse Hector.

— Você está dizendo que aquele homem de cabelo mal cortado está no comando destas nossas costas tosquiadas?

Hector tinha fechado os olhos, e eu achava que ele estava dormindo quando ele começou a rir.

— Só você, Standish. Só você.

Quarenta e oito

Todos os dias, eu ia para a escola e voltava para casa na esperança de que Hector estivesse melhor. E então a febre cedeu, e a senhora Lush disse que ele finalmente tinha ultrapassado o pior.

Eu não sabia que as doenças funcionavam como estradas.

O tempo também mudou. Parou de chover. Hector pôde sair da cama, desde que tivesse cuidado. Hector nunca foi de ter cuidado com nada. Não era seu jeito de ser. A essa altura, o disco voador estava quase pronto. Nós tínhamos juntado todos os jornais que pudemos e aplicamos na nave espacial uma camada protetora de papel machê. Havia espaço para nós dois, e nos sentávamos em almofadas no meio, com um painel de comando feito de latas e piões velhos.

Eu lhe digo que acreditava com todo o meu ser que na semana seguinte, mais ou menos, Hector e eu teríamos nos mandado dali, em nossa própria missão ao Planeta Júniper.

Quarenta e nove

Hector estava distante. Perguntei qual era o problema, e ele não respondeu. Podia ser que a doença o tivesse esgotado mais do que imaginava. Mas eu nunca o tinha visto daquele jeito. E me perguntava o que eu tinha feito de errado.

– Standish – ele disse quando voltávamos a pé para casa no primeiro dia em que ele voltou a frequentar a escola –, você deveria deixar os valentões para lá. Não entre no jogo deles. É isso o que os malucos querem que você faça.

– Eu não caio no jogo deles – falei. – Seja como for, agora que você voltou, está tudo certo.

Ele ficou calado por um bom tempo.

– Não conte com isso – disse ele, então.

Cinquenta

Naquela tarde, todos nos sentamos para lanchar. Era um entardecer luminoso, e chutar uma bola para lá e para cá não estaria fora de propósito.

Vovô estava trazendo umas batatas cozidas para a mesa quando nos fez uma pergunta:

– Onde está a bola? Faz tempo que não a vejo.

Eu estava prestes a dizer que nós, ou melhor, eu a havia chutado por cima do muro, quando Hector falou primeiro:

– Vou pegar a bola.

Parei de comer. De repente, fiquei sem fome. Não, depois que Hector voltou com a bola vermelha, porque eu sabia que aquilo queria dizer que ele tinha passado pelo túnel do abrigo antiaéreo e tinha visto o que havia do outro lado daquele muro.

Pareceu que a senhora Lush e Vovô não perceberam o que Hector tinha feito. Só o senhor Lush deu a impressão de saber.

Cinquenta e um

Naquela noite, quando as luzes se apagaram, perguntei a Hector o que havia do outro lado do muro.

– Trata de dormir – ele falou.

– Não posso – respondi. – Você está escondendo alguma coisa de mim.

Hector se sentou na cama. As paredes da casa eram finas. Ele levou o dedo à boca. Eu podia vê-lo nitidamente, com a lua que derramava sua claridade nas tábuas nuas do assoalho do nosso quarto.

Fomos até o sótão com o maior cuidado. Uma vela num pote era toda a luz que tínhamos. Isso e a lua, é claro.

Quando estávamos no sótão com a escada recolhida lá para cima, perguntei:

– O que tem atrás do muro?

— Nada.

— Mentira. Por que você está mentindo para mim?

— Olha, eu peguei a bola de volta. É o suficiente, não? — disse Hector.

— Não. Diga o que você viu.

— Não posso.

— Por que não?

— Porque não. Porque prometi que guardaria segredo.

— A quem você prometeu?

— Ao meu pai — respondeu. — Não posso quebrar essa promessa.

Fiquei muito irritado com ele. Meus pés estavam congelando, e eu pensei, que se dane, vou voltar para a cama.

— Standish — disse Hector quando cheguei ao alçapão —, você não quer lançar a espaçonave?

— Você acha que é só uma brincadeira — falei, olhando para o foguete de papel machê. — Você não acredita que exista um Planeta Júniper. Simplesmente acha que eu o inventei...

— Não, Standish, eu acredito, sim — disse Hector, me interrompendo. — Acredito que a melhor coisa que temos é nossa imaginação. E imaginação é o que não lhe falta.

Nós nos sentamos em nosso disco voador de papelão, com sua capa de mesa de passar roupa. Faixas de luar entravam brilhantes pelos buracos no telhado.

– No passado tínhamos uma casa imponente na cidade de Tyker – disse Hector baixinho. – Tínhamos criadas para cozinhar e limpar. Tudo cheirava a limpeza e dinheiro. Tudo nos foi tirado e viemos acabar na Zona Sete.

– Por quê?

– Por causa do que meu pai fez.

– E o que ele fez?

Hector ficou em silêncio antes de responder.

– Melhor você não saber.

Eu disse que deveríamos lançar a espaçonave enquanto havia tempo. Não sei por que isso me ocorreu, mas foi o que aconteceu. Eu via Hector como alguém prestes a seguir uma longa viagem. A ideia de que ele partiria sozinho era insuportável.

Cinquenta e dois

Acordei com a cabeça doendo, as pálpebras grossas e pesadas. Lembrei que Hector e eu tínhamos nos aconchegado dentro da espaçonave, imaginando que víamos as estrelas passando por nós. Estávamos a caminho de Júniper, quando o sono nos dominou. Pouco a pouco, fui me conscientizando de que alguma coisa estava muito errada. Eu estava deitado no mesmo cobertor, mas num sótão vazio. Sem disco voador. Sem Hector.

Desci para a cozinha. Vovô estava sentado à mesa, com as mãos na cabeça.

– Cadê o Hector? – perguntei.

Vovô não disse palavra. Entrei em todos os cômodos, procurando por ele. Também não consegui encontrar o senhor e a senhora Lush. Por fim, voltei à cozinha. Vovô estava ali em pé, junto do bule de chá.

– Cadê o Hector? – gritei.

Vovô levou o dedo à boca. Apontou para um pedaço de papel em cima da mesa. Havia alguma coisa escrita. A letra dele. Eu sabia o que dizia. Não precisava de palavras escritas para saber. Eu sabia que eles tinham sido levados.

Senti o grito crescer. Vovô me agarrou, e nós dois tombamos no chão. Os dois chorando. Vovô tapava minha boca com a mão firme.

Ainda tenho aquele grito dentro de mim.

Cinquenta e três

Vovô me levantou e me pôs em pé. Ele continuava com a mão tapando minha boca. Eu continuava a sentir o grito dentro de mim. Ele me levou para fora. Ficamos parados junto da horta, na chuva.

— Acho que puseram escutas na casa — foi tudo o que ele disse.

— Por que não nos levaram também? Por quê? — gritei através dos seus dedos. As palavras voltaram para mim, quentes, incendiadas de raiva. Eu sentia um bolo na garganta tão sólido que quase me sufocava.

— Não sei — respondeu Vovô. — Você sabe?

— Não. Sim. Havia um segredo. Mas o que era, Hector não quis me contar.

— Ótimo — disse Vovô. — Vou levá-lo à escola.

– Não. Não, nunca. Eu nunca...
– Você precisa ir, Standish. Simplesmente tem de ir. – Ele me soltou. Não havia nada que me mantivesse em pé. Nada. As palavras de Vovô foram ficando para trás, papo furado de um balão de chumbo. Na porta dos fundos, ele disse: – Faça isso por Hector.

Eu já estava encharcado quando voltei para dentro de casa. Vovô estava com o rádio ligado, sintonizado na única estação que as autoridades permitiam que nós, meras larvas de insetos, escutássemos. Baboseira para os trabalhadores da Terra Mãe. Eles cantavam a plenos pulmões. Cantavam com clareza.

E um dia estes pés pisaram na areia prateada
E pegadas fundas demarcaram novas luas da
    Terra Mãe
Que todos saudamos com a mão erguida.

Subi e vesti meu uniforme da escola. Cada pedaço de mim estava morto. Sem vida. Morto.

Cinquenta e quatro

Na cozinha, Vovô tinha feito chá. Tinha resolvido esbanjar e pôs uma colherada de chá novo para infusão. Era uma coisa que não fazíamos com frequência. Gastar, por que não? Afinal de contas, eles levaram seu melhor amigo, seu irmão. Sentamos à mesa da cozinha e tomamos nosso chá em silêncio.

Cinquenta e cinco

O que posso dizer sobre os dias depois que Hector foi levado? Veja só, uma vez que você é apagado, você nunca existiu. Noite, dia, dia, noite. A maior tristeza. Não conseguia dormir. Não conseguia comer. Ia à escola, onde ninguém falava comigo. Ninguém perguntava por Hector. Porque não tinham coragem. O nome dele foi apagado do registro. Ele era sacrificável. Essa era a doença com que ele nasceu. E não nascemos todos com ela, na Terra Mãe? Com exceção do senhor Gunnell. Ele tinha a ideia idiota de que era especial. Que pateta!

Hans Fielder, o líder da câmara de torturas, tinha deixado em paz a mim, o pária. Quer dizer, até a visita do homem do casaco de couro.

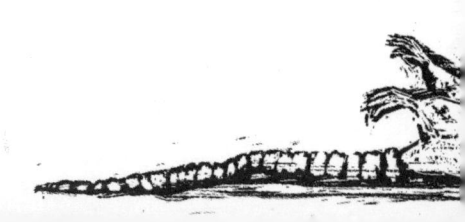

Cinquenta e seis

O que me lembro a respeito de Vovô depois da partida dos Lush foi que ele parecia mais velho, mais preocupado a cada dia que passava. Estávamos sendo vigiados. Uma coisa agravava a outra. Não parava de brotar dor da ferida, por mais que fossem usados curativos de "vai dar tudo certo".

À noite, antes de dormir, escutávamos o rádio. Vovô se acostumou a escrever o que queria dizer. Parte em figuras, parte em palavras. Só dentro da nossa cabeça tínhamos a liberdade de sonhar. O rádio tocava, e nós acreditávamos que ele esconderia nossos pensamentos.

E pegadas fundas demarcaram novas luas da Terra Mãe...
Lua... ARO5... SOL3... ELD9.

Palavras. Só palavras sem sentido. Eu tinha vontade de me matar.

– Standish, não pense no passado – disse Vovô. – Vamos fazer o que sempre fizemos antes da chegada dos Lush.

E o que se fazia, então? Hector trouxe a luz. Tudo o que deixou foi a escuridão.

Todas as noites, nós fingíamos que íamos dormir.

– Boa noite – gritava Vovô para dentro do quarto onde eu me recusava a dormir.

Ficávamos sentados juntos na beira da cama dele. Lá fora, um carro zumbia como uma vespa rua acima e rua abaixo. À meia-noite, pelos cálculos de Vovô, era quando os detetives no carro vespa tinham um intervalo nas suas funções. Hora de fazer xixi, comer alguma coisa. Era nessa hora que Vovô e eu descíamos em silêncio para a Rua do Porão.

Cinquenta e sete

Antes da guerra – qual guerra eu não sei, foram tantas, todas vencidas, é claro, pela grandiosa Terra Mãe –, seja como for, antes das guerras, Vovô era o principal pintor de cenários no grande teatro de óperas na Zona Um. Pode ser que naquela época não houvesse zonas, mas não é essa a questão. Não, a questão é que um dia, no início das guerras, Vovô tinha pintado aviões no chão. Do alto eles pareciam de verdade. Depois daquela guerra, a Terra Mãe instituiu o primeiro programa de reeducação. Vovô foi forçado a frequentá-lo para pintar aqueles aviões. Alguns amigos dele se recusaram. Alguns eram da linhagem errada, da cor errada, da nacionalidade errada. A esses não foi permitida a reeducação. Os Moscas-Verdes precisavam de sua carne para larvas. Quanto a Vovô, ele passou na prova. Raspando.

Eles – Vovô, Vovó, Papai e Mamãe – foram transferidos para cá pouco antes de eu nascer. Seja como for, essa é outra história, por sinal.

Cinquenta e oito

O que me fez lembrar que Vovô havia sido pintor de cenários foi a parede que ele construiu e pintou no fundo da Rua do Porão. É que Vovô pintou uma perfeita ilusão de uma parede perfeita. Ela se encaixava sem folgas, bem junto de um troço esquisito que tinha nascido ali, um treco feito um cogumelo gigante que brilhava com um clarão artificial. O cheiro era tão desagradável como os versos do hino da Terra Mãe.

Escondido entre suas dobras carnudas e fétidas, havia um pequeno trinco. E, se ele fosse acionado de um jeito especial, a parede se abriria, deslizando. Só quando a parede se fechasse de novo é que as lâmpadas começariam a bruxulear na câmara secreta. Elas funcionavam com uma bateria velha que o senhor Lush tinha arrumado.

Foi por causa da parede pintada que, depois que os Lush foram levados, Vovô passou a trabalhar lá fora, no jardim da frente. Ele dava a impressão de estar podando as rosas brancas. Em segredo, estava instalando um sistema de alarme para nos dizer se alguém tinha entrado na casa enquanto nós estávamos no depósito na Rua do Porão.

Vou lhe dizer uma coisa: por baixo daquelas casas era tão deserto que dava arrepios. Tudo o que se ouvia ali embaixo era a conversa dos ratos. Uma criatura muito obstinada essa tal de ratazana comum. Muitas vezes me perguntei como é que os ratos engordavam, quando todos nós estávamos tão magros.

Cinquenta e nove

Uma semana atrás, eu voltava da escola para casa, sonhando acordado. Esse sonho envolvia a chegada do nosso disco voador ao Planeta Júniper. Para mim, era como ter um cinema na minha cabeça. Eu podia ver Hector pousando, os juniperianos esperando para cumprimentá-lo, com rostos sorridentes. Eles estavam usando... Parei quando entrei na cozinha. Vovô não estava lá. Puxa vida, onde é que ele estava? O pânico me invadiu. Eu não conseguia enxergar direito, não conseguia pensar direito, minha cabeça estava a ponto de estourar. Corri lá para fora, para o meio do chuvisco. Ele tinha de estar na horta. Era melhor que estivesse mesmo na horta.

Foi aí que vi que a porta de acesso ao abrigo antiaéreo estava aberta.

Não! Não! Não! Ele não tinha passado pelo túnel? Ele não faria uma coisa dessas, faria? Eu não conseguia respirar. Não conseguia pensar. Tinha a impressão de que meu corpo inteiro ia se desintegrar. Foi nesse instante que avistei as botas enormes que saíam do barracão de mudas.

Sessenta

Voltei correndo para dentro de casa. Vovô estava na cozinha, tirando seu velho casaco do exército. Eu não conseguia falar e o arrastei até o barracão. Lá dentro estava aquela droga de homem da Lua, desesperado, com luvas espaciais nas mãos, tentando tirar o capacete enorme e todo embaçado, com o corpo inteiro se contorcendo.

– Vá trabalhar no canteiro da horta – ordenou Vovô.

– Mas e...

– Eu cuido disto aqui.

Caramba. Comecei a cavar. Fiz o possível para dar a impressão de estar à procura de alguma coisa para o jantar, e não de uma forma de salvar nossa vida. Eu sabia o que Vovô estava tentando fazer no barracão de mudas. Tirar depressa o capacete do homem da Lua, se não conseguisse, era melhor eu começar a cavar uma cova. Ouvi um estalo e alguém respirando, arquejante.

Daí a pouco, Vovô saiu do barracão e fechou a porta. Entramos juntos na cozinha e ligamos o rádio, alto para estourar os tímpanos.

E um dia estes pés pisaram na areia prateada
E pegadas fundas demarcaram novas luas da
  Terra Mãe

– Vamos ter de esperar até escurecer – sussurrou Vovô, com todo aquele barulho.

Esperamos muito, até a noite furar o balão do velho Sol.

Só então pudemos trazer o homem da Lua para a cozinha.

Ele parecia da altura de um gigante, muito desajeitado, com todas as roupas que estava usando. Era estranho ver de perto um rosto tão familiar dos cartazes. Aqui estava ELD9, com toda a esperança de pousos na Lua eliminada das suas feições. No lugar da esperança, havia rugas de preocupação, marcadas bem fundo na sua testa. O brilho no olhar havia sumido. O sorriso atrevido dera lugar a uma careta. Nós o sentamos numa cadeira e lhe demos chá, que ele tomou com o canto da boca, como se cada gole doesse.

O homem da Lua não disse nada. Depois abriu a boca para nos mostrar que ele não tinha língua para poder falar.

Adivinhei que era isso o que tinham feito com minha mãe.

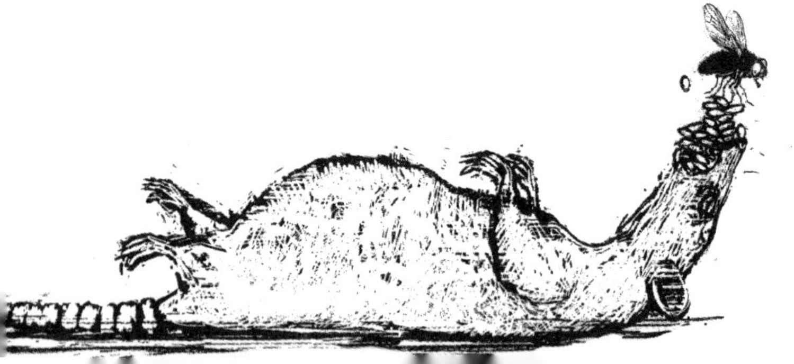

Sessenta e um

O dia em que o senhor Gunnell matou o Eric "Baixinho" Owen e um foguete foi lançado para o espaço foi o dia em que eu soube de verdade que era improvável que Vovô e eu fôssemos conseguir sair da Zona Sete. Com vida, quer dizer. Ter uma televisão é um delito suficiente para nós dois sermos despachados para a reeducação.

Quando chegamos a nossa casa, a porta da frente tinha sido derrubada a chutes. Não havia necessidade – nunca a trancávamos. Não fazia muito sentido. Dentro de casa, eles tinham feito um trabalho bastante rigoroso. Não havia nada que não tivesse sido tocado ou revirado. O que me incomodava não eram as coisas que tinham sido quebradas, eu só não gostava de quem tinha quebrado as coisas. Olhei para Vovô. Ele pôs o braço no meu ombro.

Tentamos recuperar o que pudemos na horta e então trabalhamos dentro de casa, à luz de uma vela.

Vovô nunca tirou as cortinas blecaute das janelas, assim pelo menos ninguém podia enxergar ali dentro, mas sabíamos que os detetives tinham voltado. Fizemos uma xícara de chá e subimos para dormir. Apagamos a vela e esperamos uma hora difícil, com fome. Eu estava como que sonhando com bolinhos de apresuntado. Nossa barriga roncava. Foi só depois da meia-noite que por fim descemos para o porão, levando um pouco de pão e os bolinhos de apresuntado.

Naquele dia, Vovô pôs as armadilhas com os ratos presos perto da escada que dava para a nossa casa. Então partimos de novo para entrar no que se pensaria ser a parte mais distante da Rua do Porão. O cheiro penetrante atingia o nariz lá embaixo. Era por esse motivo que os cães dos homens de casaco de couro não conseguiram farejar o homem da Lua. Aquele fungo alienígena abafava o cheiro de qualquer coisa com seu fedor terroso. Ele até brilhava no escuro, parecendo quase vivo, faminto, alimentado pela umidade e escuridão da casa, fragilizando seus ossos até a medula.

Abrimos a porta deslizante. Puxa, posso lhe dizer que foi um alívio ver o homem da Lua. Para não falar das duas galinhas e do rádio que o senhor Lush tinha improvisado para podermos ouvir, de vez em quando, os maléficos impérios do mundo dirigir palavras reconfortantes para nós.

O homem da Lua se levantou, abraçou Vovô. Fui procurar os ovos, alimentar as galinhas e me certificar de que nenhum rato tinha conseguido entrar. Então acendi o fogareiro e pus a chaleira nele. Tomamos nosso chá e comemos o pão e os bolinhos de apresuntado. Um banquete.

O homem da Lua tentou conversar conosco por meio de desenhos. Eles não eram tão bons quanto os desenhos de Vovô, mas nos contaram a história. Dava para eu ver com clareza o que estava acontecendo por trás do muro.

Vovô se levantou, limpou a boca no dorso da mão e tentou sintonizar o rádio, que estalava e chiava. Ficou mexendo no aparelho até ouvirmos a Voz, a única voz em que Vovô confiava, a que dizia a verdade. Ou seja, ele dizia, se é que existe essa coisa chamada verdade. Difícil dizer quando tanta coisa é mentira.

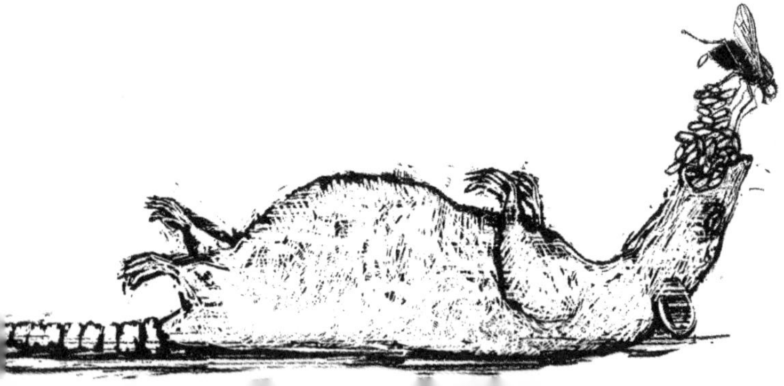

Sessenta e dois

A Voz falou.

"A monstruosa Terra Mãe pode alegar ter lançado um foguete para ir à Lua, mas nossos cientistas são da opinião de que uma expedição dessa natureza não é nem será possível ainda por muitos anos.

"A radiação da atmosfera da Lua impedirá o homem de pousar lá. Não devemos ser forçados a nos render à força da propaganda. Devemos continuar a luta, não importa o que ocorra. Convoco todos os Obstrutores a apoiar o avanço dos Aliados. Durmam tranquilos em suas camas. Não se deixem intimidar acreditando que a Terra Mãe tenha a capacidade de disparar armas a partir da superfície da Lua. Em vez disso, reservem suas energias para a batalha final. Depois, viveremos num mundo livre."

A campainha do alarme soou, uma lâmpada pintada de vermelho piscou. Vovô olhou para o alto e eu também. Nós dois sabíamos o que aquilo significava. Havia um intruso na nossa casa. Tínhamos menos de um minuto para cobrir nossos rastros.

O pavor é uma coisa estranha. Ele já me fez entrar em pânico, já me fez vomitar, mas dessa vez senti uma fúria tranquila.

Vovô abriu a parede pintada, e o homem da Lua a trancou atrás de nós. O facho de uma lanterna brilhou na escuridão da Rua do Porão.

Pegamos depressa as armadilhas. Vovô pegou duas; eu, uma.

– O que vocês estão fazendo aí embaixo? – gritou um homem.

– Ratos – gritou Vovô.

Eu estava mais perto da escada que subia para a cozinha. A lanterna foi dirigida para o meu rosto. A luz me ofuscou, e levantei a mão para cobrir os olhos. Ao fazer isso, apertei sem querer o botão que destravava a armadilha, e o rato, com um salto, subiu a escada e entrou na cozinha, passando pelo intruso. Ressoou um tiro.

Vovô estava ao meu lado. Ele subiu a escada na minha frente, carregando as gaiolas com os outros dois ratos dentro. Na cozinha, sentado à mesa quebrada, estava um homem que nunca tínhamos visto antes. Ele pôs o revólver na mesa e acendeu um cigarro. O rato estava morto num canto.

– Senhor Treadwell, vim para levar a visita para local seguro. Não temos muito tempo – ele falou.

Vovô e eu sabíamos que, se esse homem realmente pertencesse aos Obstrutores, jamais teria matado o rato com um tiro. Sua arma não tinha silenciador. O barulho teria sido ouvido do lado de fora, com toda sua nitidez alarmante. Seria preciso que os detetives no carro fossem surdos, malucos, ou as duas coisas para não terem ouvido e vindo correndo.

O homem era um impostor.

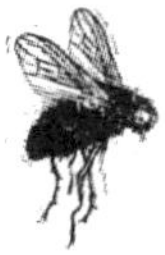

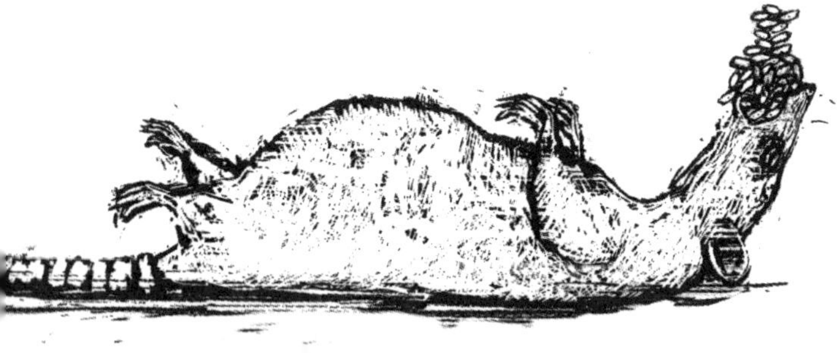

Sessenta e três

Veja só, aquele intruso estava bem vestido demais. De modo muito parecido com os ratos mortos, ele estava limpo demais, bem nutrido demais.

– Não sei quem você é – disse Vovô –, mas acho que não devia estar aqui. Gostaria que fosse embora. Standish, vá dizer aos detetives lá fora que estamos com um Obstrutor aqui.

O homem apanhou o revólver.

– Estou aqui para ajudar vocês.

– Não acredito nisso – Vovô retrucou.

– Acho que você é um dos que invadiram nossa casa hoje e não encontraram nada – falei.

Isso deixou o homem agitado. Ele pegou mais um cigarro. Não se vê grande quantidade deles por aí. O fumo era para os escolhidos. Ninguém que lutasse pela liberdade fumaria aqueles cigarros. Eles trazem impresso o timbre da Terra Mãe. O homem era um pateta se pensava que nós éramos tão burros.

Sessenta e quatro

Estava uma escuridão total lá fora. Só aquele monstrengo do prédio no fim da nossa rua estava iluminado, brilhante como uma estrela, preso à terra. Fui sorrateiro na direção do carro que esperava, onde os dois detetives estavam sentados. Dei-lhes um susto que os fez pular dos bancos. Um deles baixou a janela embaçada, com a boca cheia de salsicha. O carro cheirava a pum.

– Tem um intruso na nossa casa – falei. – Melhor vocês virem.

O suposto Obstrutor saiu correndo sem muita vontade.

Ficamos olhando enquanto o carro fazia uma manobra para dar a volta na rua estreita e seguiu em perseguição. Era de dar pena. Até mesmo nós podíamos ver que eles todos se conheciam. O "Obstrutor" deu de ombros. A porta traseira do carro das vespas foi aberta para ele.

Vou lhe dizer uma coisa, se ele fosse um Obstrutor de verdade, eles lhe teriam dado um tiro, para que fosse parar nos quintos dos infernos.

Na cozinha, Vovô estava de casaco.

– O que você vai fazer? – perguntei.

Ele fez que não e levou um dedo à boca.

– Vou levar o rato lá para fora.

Mas eu sabia que não era isso. Ele ia sair. Para onde, eu não sabia, não teria como dizer. Tive vontade de me grudar àquele casaco dele, implorar que ficasse. Mas ele não ficaria. Pude ver, pela expressão nos seus olhos, que ele ia sair, não importava o que acontecesse.

Sessenta e cinco

Dormi sobre a mesa da cozinha, com a cabeça pousada sobre os braços. Um sono interrompido. Não tive coragem de me mexer. Podem chamar de superstição. Devia ser por volta das seis da manhã quando acordei. Estava claro, já devia estar claro havia um bom tempo. Mesmo assim, Vovô não tinha voltado. Para dizer a verdade, eu já não estava mais calmo. Estava morrendo de medo.

O homem da Lua surgiu, vindo do porão, aliviado ao me ver. Ele ainda usava suas botas de gravidade, de que ele não precisava, já que havia muita gravidade aqui. Gravidade demais. Na realidade, eu achava que talvez fosse uma boa ideia um pouquinho menos de gravidade.

Fiz chá para o homem da Lua enquanto ele enxaguava a boca com água salgada. Era o único remédio que tínhamos a oferecer. Isso e o que sobrou das aspirinas. Vi que ele se encolheu. Eu sabia que ele não devia estar aqui em cima, era perigoso demais. Mas não queria que ele saísse, não queria ficar ali sozinho, esperando. Para mim, ainda era difícil olhar para a palavra costurada no seu traje espacial: ELD9.

Ele escreveu a palavra "Vovô", e falei:

– Não está aqui.

Deu para eu ver que isso o preocupou. Vou lhe dizer uma coisa, aquilo me preocupava também. Eu nem mesmo queria começar a pensar nas possibilidades "e se".

Sessenta e seis

Ficamos ali sentados em silêncio, o homem da Lua e eu. Eu sabia que ele não podia falar, mas há silêncios e silêncios, se você me entende. Vou lhe dizer uma coisa: nasci direto numa droga de um pesadelo. A única saída estava dentro da minha cabeça. Na minha cabeça, existem Croca-Colas, Cadillacs. Existe o Planeta Júniper e Hector para salvar a todos nós.

Meus ossos quase saltaram fora dos meus músculos quando ouvi um barulho vindo do jardim dos fundos. O homem da Lua desapareceu, voltando para a Rua do Porão. Lavei e guardei as xícaras.

Acho que eu não estava respirando quando Vovô falou.

– Abre a porta para mim.

– Por onde você andou? – perguntei ao abrir a porta dos fundos. Seu rosto estava enfumaçado; a camisa, rasgada e queimada. Ele não estava usando o chapéu, nem o casaco. Não. A senhorita Phillips era quem os usava. Ela estava parada atrás dele. Parecia que tinha sido espancada para valer.

– O que houve?

Vovô apenas pôs a chaleira no fogo e fez chá. A senhorita Phillips tremia.

– Atearam fogo à casa dela. Eu sabia que iam fazer isso – falou. – Era só uma questão de tempo.

Levei uma tigela de água para a mesa. A senhorita Phillips estava com um tremendo hematoma.

Vovô levantou o rosto dela na sua direção e com delicadeza limpou as manchas de fumaça. Fiquei olhando tudo isso e senti que havia mais alguma coisa ali.

Quando ela se encolheu, ele disse baixinho.

– Está tudo bem, querida.

Achei que entendi. Bem, achei que sim, mas, puxa vida, eu não tinha tanta certeza.

Coloquei a xícara de chá perto dela.

Ela envolveu a xícara com as duas mãos e ficou olhando fixo para os veios da mesa. Vovô agora estava junto da pia, lavando o rosto e as mãos. Liguei o rádio de novo. Estavam tocando música para os trabalhadores da Terra Mãe.

– Obrigada – disse ela, baixinho.

Sessenta e sete

Vovô voltou para onde a senhorita Phillips estava sentada. Ele tirou o chapéu dela. A senhorita Phillips usava sempre o cabelo comprido, bem penteado, preso num coque. Agora ele estava tão curto que ficava em pé em tufos, e havia sangue grudado nele.

Eu conhecia aquele corte e sabia exatamente o que significava. Era isso o que faziam com os Obstrutores. Arrancavam o que estavam vestindo, sumiam com toda a roupa deles, raspavam-lhes a cabeça. Se fosse uma mulher, não se davam ao trabalho de matá-la, não logo de cara. Deixavam a tarefa para os abutres jovens, famintos. Os Hans Fielders e os garotos da câmara de tortura.

Era uma morte mais lenta, mas lhes proporcionava um pouco de treinamento para matar. Você não podia ser cheio de não me toques se entrasse para a Juventude da Terra Mãe. As Mães pela Pureza teriam vergonha de seus filhos se eles não tivessem dominado a arte da carnificina antes de sair da escola. Quer dizer, é um daqueles ritos de passagem ao qual todos devem se submeter. Sem dúvida, ele separava os covardes dos valentes. Um valentão teria espancado a senhorita Phillips até deixá-la inconsciente, para começo de conversa. Só Deus sabe o que ele já teria feito com ela no fim da conversa.

Foi só então que me ocorreu que a senhorita Phillips tinha me protegido na escola. Como na vez em que o senhor Gunnell tentou fazer a turma inteira entrar para a Juventude da Terra Mãe. Foi a senhorita Phillips que alegou que eles não iam querer um garoto como eu, um garoto que tinha dificuldade para amarrar o cadarço dos sapatos. Pode ser que ela tenha dito ao senhor Hellman que eu estava me saindo bem na turma da senhorita Connolly. Por que eu não tinha percebido isso antes?

Despejei a água suja da tigela e a enchi de novo.

Vovô inclinou o rosto dela na direção do dele e a beijou. Bem, por essa eu não esperava. Quer dizer, Vovô é velho demais para tudo isso. Sem dúvida, quando você está com seus 50 anos, esse tipo de coisa para. Esse mito acabava de ser destruído. Vovô pôs o braço em torno da senhorita Phillips, e ela encostou a cabeça na barriga dele.

— Então é isso — falei. Os dois me olharam como se tivessem esquecido que eu estava ali. — Você e a senhorita Phillips. Quer dizer, há quanto tempo vocês estão... namorando?

Os dois sorriram.

— Três anos.

Quase caí pra trás! Três anos!

— Foi difícil depois que os Lush desapareceram — disse Vovô.

Imagino que o fato de eu dormir na cama dele, como um cachorro, não tenha ajudado.

— Harry me falou do homem da Lua — disse a senhorita Phillips —, e fizemos de tudo para entrar em contato com os Obstrutores, para que a informação chegasse aos superiores. Mas a Zona Sete está isolada do mundo lá fora.

A música parou, e a Voz da Terra Mãe se intrometeu.

"Hoje, os líderes dos impérios do mal concordaram em se reunir em nossa majestosa capital Tyker para ver com seus próprios olhos nossas façanhas. A Terra contemplará as primeiras filmagens feitas de nosso território recém-conquistado, a Lua.

"Louvada seja a Terra Mãe."

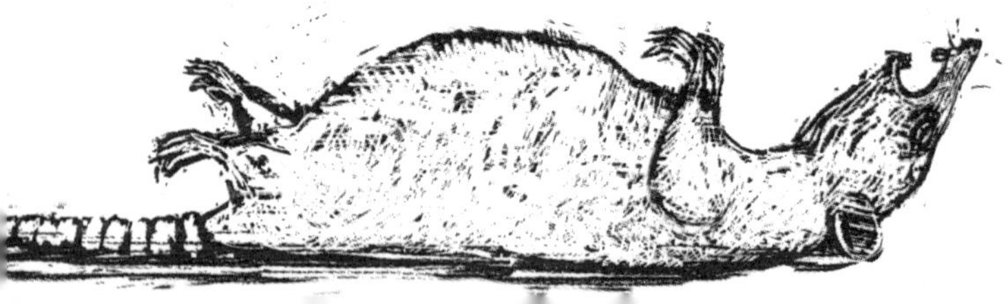

Sessenta e oito

Ouviu-se uma barulheira inconfundível do lado de fora da casa. Botas que pisavam o calçamento, portas de carros batidas com violência, pessoas gritando. Naquela orquestra do medo, só faltava um som. Eles não tinham trazido os cães, não dessa vez. Fiquei grudado no chão. Tínhamos sido apanhados. Tudo estava acabado.

Só quando Vovô disse feroz: "Standish, mexa-se!" foi que saí da paralisia.

Escondemos a senhorita Phillips no andar de cima, no fundo do velho guarda-roupa monstruoso de Mamãe e Papai.

– Esse vai ser o primeiro lugar em que eles vão procurar – falei.

Vovô simplesmente deixou aberta a porta do guarda-roupa.

– Não, os Moscas-Verdes não são assim tão espertos. A cada dia estão ficando mais inexperientes.

Vovô estava entrando no quarto quando me lembrei do seu casaco. Voltei correndo, tirei-o da senhorita Phillips e desci a escada correndo. Outro carro parou, guinchando ao frear.

Pendurei o casaco, verifiquei a mesa e então abri a porta da frente, antes que eles a derrubassem a chutes outra vez.

Eu não estava esperando o homem do casaco de couro. Ele era o problema de ontem. O que mais me surpreendeu quando o vi foi o seguinte: até aquele momento, minhas pernas eram como caniços, que ameaçavam não aguentar meu peso. Mas a visão desse idiota me deu força para aguentar o tranco.

– Já está ficando chato – disse o homem do casaco de couro. – Todo dia eu deparo com Standish Treadwell. Onde está seu avô?

– Dormindo – respondi. – Por que quer falar com ele?

Ele me deu um tapa na cara com sua luva de couro.

– Eu faço as perguntas.

Ele estava de novo falando comigo como se eu fosse burro. E, para agradar, respondi bem devagar.

— Sim, senhor.

Pude ver os Moscas-Verdes atrás dele esperando a ordem de invadir a casa.

— Senhor Treadwell — disse o homem do casaco de couro.

Voltei-me para ver Vovô arrastando aquela sua perna encrencada. Ele desceu a escada bem devagar, com dificuldade, vestido com seu pijama velho e seu roupão de colcha de retalhos, bocejando.

— O que vocês querem aqui? — perguntou. — Já quebraram tudo ontem.

Não era difícil ver que o homem do casaco de couro era uma chaleira de fúria líquida pronta para entrar em ebulição. Ele sentou numa das cadeiras quebradas. Ela balançou para a frente e para trás. Tive esperança de que a porcaria se quebrasse debaixo dele. Ele começou a bater na mesa com suas luvas de couro.

Vovô simplesmente deu um suspiro, contaminado pelo cansaço.

— Sou um velho. Tento sobreviver com meu neto, nada mais. Por que vocês não param de nos perseguir? Não fizemos nada de errado.

O homem do casaco de couro não respondeu. Ele acenou para os Moscas-Verdes. Vovô estava certo quanto a um ponto, eles eram muito jovens. Só um pouco mais velhos que eu. Escada acima, escada abaixo pelo porão adentro. Uma infestação.

Pensei, bem, é o fim, está tudo acabado, resta apenas o choro e o ranger de dentes. Aqueles soldados eram mais barulhentos que os ratos no madeiramento. As paredes pareciam finas como papel machê. As tábuas do assoalho vibravam.

O homem do casaco de couro ficou ali sentado, batendo com as luvas na mesa. Só parou para pegar um cigarro e acendê-lo.

– Quero que me diga onde ele está – disse, por fim.

– Ele quem? – perguntou Vovô.

O homem do casaco de couro ficou preso no papel pega-moscas de uma pergunta irrespondível.

As luvas atingiram a mesa de novo. O longo silêncio foi interrompido.

– Nós levamos uma televisão desta casa – disse o homem do casaco de couro.

– É – disse Vovô. – Ela era do tempo em que as televisões eram permitidas.

Para grande surpresa minha, o homem do casaco de couro não respondeu.

Percebi que Vovô devia ter desmontado aquela televisão, para ninguém suspeitar que tínhamos visto a terra das Croca-Colas, onde todas as cores moravam, onde as pessoas se divertiam.

O homem do casaco de couro apagou o cigarro na mesa, deixando um buraco redondo, queimado. Vai ver que foi aquele buraco queimado na mesa que me deu a ideia. É que no seu desenho vi uma pedra. Foi aí que a ideia foi entrando no meu cérebro.

Os Moscas-Verdes subiram, voltando do porão. Davam a impressão de ter cumprido sua missão à risca. Os uniformes estavam mais para o cinza do que para o verde. Eu sabia que eles não tinham encontrado o homem da Lua. Do contrário, teríamos ouvido seus gritos de triunfo. Em vez disso, eles trouxeram as armadilhas de ratos.

O encarregado dos Moscas-Verdes desceu do andar de cima. Não parecia muito satisfeito quando sussurrou o que precisou sussurrar para o homem do casaco de couro.

– Nada? Nada? Tem certeza? – gritou o homem do casaco de couro.

– Nada, senhor.

O estranho nessa história de estar tão perto da beira do precipício era que eu podia ver que tanto Vovô como eu estávamos resignados à queda. Era quase como se tudo estivesse nas mãos do destino, não nas nossas. Era o destino que estava dando as cartas. Acho que foi nessa hora que eu soube o que estava acontecendo por trás do muro no jardim. Eles tinham construído a Lua dentro daquele prédio medonho, aquele que no passado era chamado de palácio do povo.

Foi aí que minha ideia se tornou um plano. Pensei no assunto de todos os ângulos. Quase saí da cozinha... – o plano estava realmente ganhando forma.

– Vocês dois estão sob prisão domiciliar – disse o homem do casaco de couro, interrompendo meus pensamentos, o que me irritou, porque eu tinha visualizado o plano inteiro na minha cabeça, 360 graus.

– Você está ouvindo, Standish Treadwell? – perguntou.

As pessoas têm essa impressão sobre mim. Elas acham que não estou prestando atenção quando estou.

Para a mente de trilho de trem do homem do casaco de couro, eu parecia aéreo. "Aéreo" era a palavra que o senhor Gunnell gostava de usar a meu respeito. "Aéreo" eu posso parecer, mas não sou. Hector e eu passamos séculos trabalhando essa minha expressão. Você não consegue se sentar bem no fundo da sala se chamar a atenção pela sua inteligência.

— Você e seu avô serão removidos daqui às seis e meia, amanhã de manhã. Estamos oferecendo-lhes a salvação, em lugar da aniquilação. Vocês dois serão enviados para um programa de reeducação.

Não, não vamos mesmo. Ele estava mentindo. Seríamos apagados, viraríamos comida para larvas.

— Cada um de vocês poderá levar uma mala — continuou. — Sob nenhuma circunstância vocês poderão sair do recinto.

Que canalha! Esta era nossa casa, nosso lar.

Os Moscas-Verdes esperaram até o homem do casaco de couro sair a passos largos em direção ao seu carro preto metálico.

Ficamos ali parados na soleira, Vovô e eu, como se estivéssemos nos despedindo de amigos que tinham aparecido para tomar um chá. Ficamos olhando até o último Mosca-Verde subir de volta para seus caminhões. Eles partiram, deixando somente o carro com os detetives nos vigiando por trás dos seus óculos escuros.

Se eu fosse um juniperiano, o que não sou, eu salvaria o mundo. Mesmo assim, eu tinha um plano. Ele estava baseado numa história que ouvi um dia sobre um gigante e um garoto mais ou menos da minha idade, da minha altura, com uma pedra. Só uma pequena pedra lançada de um estilingue atingiu aquele gigante entre os olhos. O gigante caiu morto; caiu, sim. É o que lhe digo, era uma ideia tão boba que achei que poderia ser infalível.

A senhorita Phillips desceu a escada. Estava usando uma calça do Vovô e uma das suas camisas. Olhou para ele e sorriu.

– Um dos Moscas-Verdes disse que, se alguém estivesse escondido ali dentro, teriam fechado a porta.

Para mim, a parte difícil do meu plano seria convencer Vovô e a senhorita Phillips de que ia dar certo. Tudo de que eu precisava para derrotar a Terra Mãe era de uma pedra.

E era eu quem atiraria a pedra.

Sessenta e nove

Naquele dia aprendi muita coisa sobre Vovô. Para começar, além da senhorita Phillips, ele tinha um transmissor. Ainda não consigo me acostumar com essa ideia. Como pude ser tão ingênuo e não ter sacado essas coisas? Aparentemente, o transmissor havia pifado fazia mais de um ano. Não se pode levar esse tipo de aparelho à oficina para consertar. Foi o senhor Lush que deu um jeito nele e se certificou de que, mesmo que a Terra Mãe captasse o sinal, o código seria embaralhado automaticamente.

Um dia atrás, eu não sabia que havia um transmissor por trás do lambri de madeira na parede da cozinha. Um dia atrás, eu achava que Vovô era um velho. Hoje ele é uma raposa esperta.

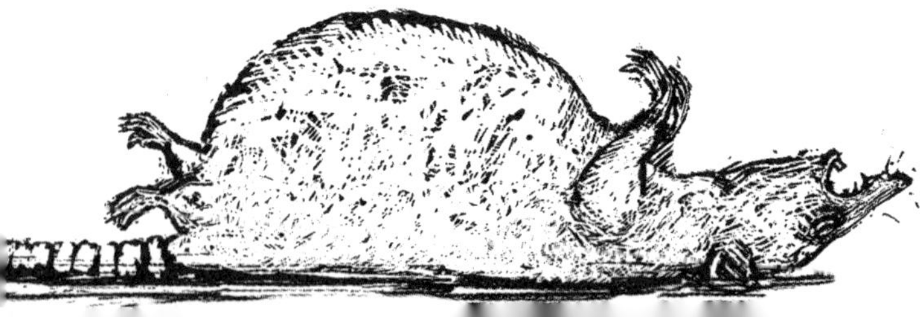

Setenta

A senhorita Phillips estava sentada na câmara secreta na Rua do Porão. Minha nossa, como ela é inteligente. Conseguiu ler as anotações do homem da Lua, apesar de estarem escritas na língua do leste. Vovô não tinha entendido bulhufas do que elas queriam dizer. Ele se sentou num banco ao lado dela, usando seus fones de ouvido, cheio de paciência, tentando transmitir uma mensagem para os Obstrutores. Silêncio mortal.

Até a hora do almoço, não tinha acontecido nada.

Acabou que Vovô parou de tentar. Comemos ovos mexidos com torrada velha. A senhorita Phillips mal tocou na comida. Tinha perdido o apetite. Acho que isso tinha a ver com as anotações do homem da Lua. Ele também não comeu.

— O que ele escreveu? – perguntou Vovô, apertando a mão da senhorita Phillips.

— Quero só repassar as anotações mais uma vez – disse.

Eu sabia que ela estava tentando ganhar tempo.

— Eles construíram um enorme cenário da Lua no palácio velho, não foi? – perguntei.

— Foi – disse a senhorita Phillips. – É lá que vão filmar o pouso do foguete na Lua e os primeiros passos na Lua. Depois disso, todos os que trabalharam no projeto serão eliminados. Isso inclui os cientistas, os trabalhadores, os astronautas. Já foram cavadas as covas coletivas.

Eu a interrompi.

— Como foi que o homem da Lua encontrou nosso túnel? – O homem da Lua escreveu, e a senhorita Phillips traduziu. Pude ver que ela não tinha certeza se deveria me dar a resposta. Eu já sabia qual era. Mesmo assim, insisti.

— Vamos, diga.

A senhorita Phillips hesitou.

— Ele viu Hector, não viu? – perguntei.

Setenta e um

O homem da Lua acenou que sim e começou a escrever de novo no bloco. A senhorita Phillips estava cada vez menos à vontade.

– Leia para nós, querida – pediu Vovô.

A voz dela era boa. Nada do que ela leu sairia bem em voz alguma.

– "No início, acreditei que estava envolvido numa missão espacial de verdade. Então um dos cientistas que tinha construído o primeiro protótipo do foguete me disse em segredo que o cinturão de radiação em torno da Lua nos torraria vivos. O cientista desapareceu pouco depois. Por nenhuma razão que eu pudesse descobrir, fui mandado para cá, para a Zona Sete, e me dei conta de que o cientista tinha razão. Essa era a maior armação na história da humanidade. Fiz perguntas demais, e foi aí que eles me silenciaram. Mas ainda precisavam do meu rosto. Eu tinha de fugir. Fui dar uma volta perto da parte baixa do muro, onde os arbustos cresciam sem controle. Foi ali que avistei uma bola vermelha. E, ao mesmo tempo, um garoto surgiu de dentro da terra, ou foi o que me pareceu. Eu conhecia o garoto. O garoto me conhecia."

— Como? — interrompi mais uma vez.

A senhorita Phillips traduziu.

— "Eu o reconheci por ser o filho do cientista responsável pela construção do primeiro protótipo, o cientista que me disse que era impossível mandar um homem à Lua."

— O senhor Lush? — falou Vovô.

O homem da Lua concordou em silêncio.

— Eles estão lá dentro? — perguntou Vovô. — Estão bem?

Com a mão, ele simulou a forma de um revólver. Acho que nenhum de nós queria ouvir a resposta que o homem da Lua escreveu.

A voz da senhorita Phillips era quase um sussurro quando ela leu as palavras em voz alta.

— "A senhora Lush foi morta no instante em que chegaram, diante do senhor Lush e do filho. Todos nós presenciamos."

— Por quê? — gritei. — Por quê? — A pergunta ficou sem resposta.

Era tudo lento, a senhorita Phillips precisava traduzir tudo o que o homem da Lua escrevia em palavras que pudéssemos entender.

— "Punição por não cooperar."

— E Hector?

Esperei uma eternidade até a senhorita Phillips falar.

— "Eles deceparam o dedo mindinho dele depois que mataram a senhora Lush e disseram ao senhor Lush que, se ele se recusasse a fazer tudo o que lhe fosse pedido, outro dedo seria cortado, e mais outro."

— Hector está vivo?

O homem da Lua fez que sim e mostrou nove dedos.

— Então ele perdeu só aquele primeiro?

O homem da Lua fez que sim outra vez.

Vovô quase não ouviu os bipes que chegaram através do transmissor. Finalmente, alguém, em algum lugar, estava recebendo nosso sinal. Os bipes pareciam os batimentos cardíacos de uma civilização que temíamos que estivesse morta.

Recebemos ordens dos Obstrutores para estarmos prontos para partir às onze horas naquela noite. Deveríamos nos encaminhar para a extremidade mais distante da Rua do Porão, seguindo na direção das casas emproadas.

Foi nessa hora que falei.

– Eu não vou.

Setenta e dois

– Você tem de vir, Standish – disse Vovô. – Não pode ficar aqui.

– Vou salvar Hector – eu disse. – Atirar minha pedra na cara da Terra Mãe. Mostrar ao mundo que o pouso na Lua é uma fraude.

– Standish – disse Vovô –, sua cabeça está cheia de sonhos.

E então eu contei meu plano a eles. Disse que, se eu conseguisse chegar perto do cenário da Lua, quando o astronauta desse os primeiros passos, eu tentaria me destacar dos outros trabalhadores e pisar na superfície da Lua diante das câmeras. Eu exibiria um cartaz com a palavra ARMAÇÃO escrita nele. E então o mundo livre saberia que tudo aquilo era mentira.

– Quê? E depois ser fuzilado? – disse Vovô, com o rosto cheio de tempestuosas nuvens de cólera.

Para ser franco, eu não tinha pensado no que aconteceria depois que eu exibisse o cartaz. Ia resolver na hora em que fosse necessário. Essa parte não me parecia algo que se pudesse planejar. Como sempre, havia um excesso de "e se".

– Se um gigante pode ser derrubado por uma pedra, eu não posso fazer o mesmo?

– Não! Não! É uma droga de uma ideia idiota – declarou Vovô.

Foi surpreendente o que a senhorita Phillips disse:

– Pode ser, Harry, que ele consiga entrar lá, fazer alguma coisa...

– E acabar morto, ainda por cima – disse Vovô. Ele bufava de raiva. Nem tudo estava ligado ao meu plano, disso eu tinha certeza. Tinha muito a ver com os Lush e com Hector. Ele prosseguiu. – Perdi minha família, meus amigos. Não estou disposto a sacrificar meu neto.

A senhorita Phillips pôs a mão no braço de Vovô.

– Nossas chances de escapar são mínimas – ela observou. – Se todos nós morrermos, o que teremos conseguido? Ninguém jamais ficaria sabendo que era uma armação.

Os líderes do mundo livre vão engolir essa mentira e, ao fazê-lo, tornarão a Terra Mãe todo-poderosa.

Pude ver que Vovô estava se esforçando ao máximo para não lhe dar ouvidos.

– Harry – disse a senhorita Phillips, baixinho –, não importa o que aconteça, você nunca estará sozinho, eu prometo.

Senti um alívio com isso. Tive vontade de dizer mais.

– A senhorita Phillips tem razão – foi o que consegui dizer. – Você nunca ficará sem mim também, independentemente de eu ir ou não com vocês.

Vovô tremia como se um terremoto estivesse em erupção a partir do seu umbigo. Lágrimas, as lágrimas que ele disse que nunca derramaria, desceram pelo seu rosto numa cascata de ódio. Eu o abracei. Dei-lhe um abraço apertado. Tive a força para fazer isso.

Ele se grudou em mim. Eu me lembraria disso até o fim, qualquer que fosse, quando quer que esse fim acontecesse.

Vovô me soltou, virou as costas, com os ombros tremendo, um soluço se erguendo de dentro dele.

Ainda assim, eu tinha certeza de que poderia ser o atirador da pedra.

O homem da Lua foi até Vovô e pôs a mão no seu ombro, para lhe dar gravidade, quando tudo parecia estar flutuando no ar. Depois escreveu alguma coisa no bloco e o entregou à senhorita Phillips.

Ela leu em voz alta, devagar.

Dizia o que nem Vovô nem a senhorita Phillips queriam ouvir. Apesar de toda a coragem dela, pude perceber isso.

– "Standish é nossa única esperança."

Setenta e três

Passei o resto da tarde com o homem da Lua e a senhorita Phillips. Vovô voltou para o andar de cima. Ele não queria ouvir mais nada. Não o culpo. Eu precisava ouvir, se quisesse um dia atirar minha pedra.

O que o homem da Lua me contou já não estava escrito num bloco, mas gravado no meu cérebro. Eu sabia exatamente o que estava acontecendo por trás daquele muro. Eu tinha o mapa. Eu tinha o conhecimento.

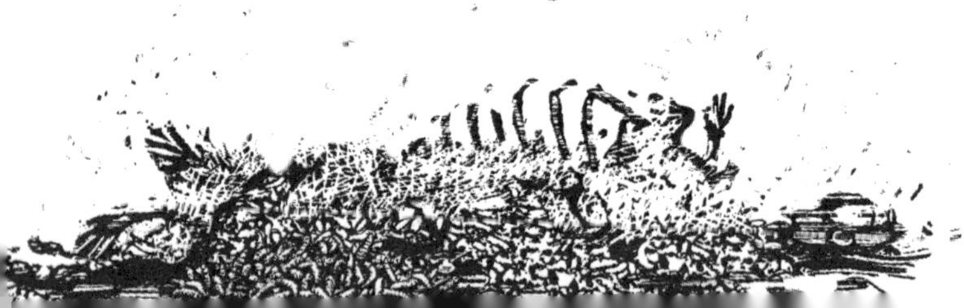

Setenta e quatro

Volto lá para cima para esperar com Vovô até chegar a hora de eu sair. A senhorita Phillips e o homem da Lua ficam onde estão, lá na Rua do Porão.

Vovô recortou silhuetas em tamanho natural. Por que, não faço ideia. Ele está sentado no assoalho, o olhar perdido, cercado de pedaços de papelão. Acho que tudo isso está sendo demais para ele. Vou dizer uma coisa, está sendo demais para mim.

Sento ao seu lado. Não há o que dizer. O que ele pensa já é alto demais para mim. Bloqueio os pensamentos dele contando para mim mesmo a história do que aconteceu até este momento. O momento em que Vovô e eu estamos sentados juntos neste linóleo embeiçado. Com o olho da minha mente, tiro uma foto dele, uma que eu possa levar comigo. Estou tentando imaginar como ele era quando mais jovem, antes que a crosta da idade e da ansiedade o cobrisse. Suas mãos são grandes, parecidas com raízes de árvores, desgastadas, bem usadas. Elas podem pintar paredes para enganar Moscas-Verdes, consertar tudo o que esteja quebrado. São mãos das quais estou me afastando. Sei o que Vovô está pensando. Ele está se perguntando se terá força suficiente para me deixar ir. Eu estou me perguntando se terei força para deixá-lo.

O que aconteceria se ficássemos sentados aqui, imóveis, sem fazer nada? O tempo nos deixaria em paz? Passaria direto por nós?

Cai a cortina.

Começam os créditos.

Fim.

Setenta e cinco

Caramba, que susto! Aquele rá-tá-tá-tá fez disparar o tempo, fez o coração, nossos corações experimentarem uma volta na pista de corridas. Nós dois erguemos a cabeça. De um salto eu me ponho de pé. Os detetives geralmente não são tão educados. Bater na porta é algo que eles não costumam fazer. Não, isso aqui é outra história, totalmente diferente. Eles estão só verificando, querem que baixemos as cortinas blecaute. Estão nos relembrando que precisamos estar prontos amanhã de manhã, às seis e meia.

– Sim – digo, na esperança de que eles não tenham visto Vovô sentado no linóleo, com o rosto sem expressão, dois recortes de papelão no piso ao seu lado.

Fecho a porta da frente enquanto Vovô levanta devagar.

– Está na hora – diz ele. – Chegou a hora, Standish.

Ele prende as duas silhuetas recortadas às duas cadeiras quebradas. Agora percebo o que ele estava aprontando. As silhuetas são muito parecidas com Vovô e comigo. Ele é muito bom nesse tipo de coisa. Está sempre um passo adiante. Ele sabia que aqueles detetives iam querer enxergar aqui dentro. Está escurecendo, e as velas bruxuleantes ajudam na ilusão, tornam quase realistas esses vultos de papelão recortado. Pelo menos, eles enganarão os detetives, farão que pensem que estamos calmos, aguardando nosso destino.

Pouco antes das dez da noite, nós nos arrastamos pelo chão da cozinha na direção da escada. Ocorre-me que em cinco horas as únicas palavras que Vovô pronunciou foram: "Está na hora, Standish. Chegou a hora."

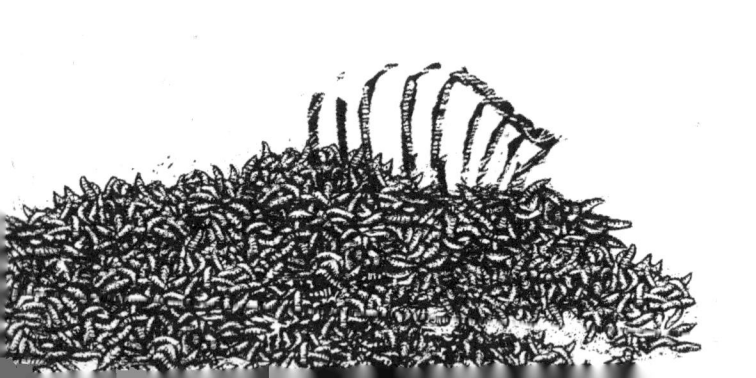

Setenta e seis

No quarto que no passado pertenceu a meus pais, Vovô me entrega um cinto largo que ele fez. Devo usá-lo por baixo da roupa. Dos dois lados, na bonita caligrafia de Vovô, está escrita em letras grandes e audaciosas a palavra AR-MAÇÃO. Sabe de uma coisa? Acho que foi isso o que ele andou fazendo enquanto eu estava no porão. Os vultos de papelão foram um complemento.

– Não tenho um estilingue para lhe dar. Isso vai ter de servir – diz.

Não digo o que quero dizer. Talvez seja melhor.

Eu me visto com os farrapos que Vovô arrumou para mim. Trapos que deixariam envergonhado um espantalho. Vovô apanha a velha bolsa de maquiagem de Mamãe. Aplica com delicadeza uma pasta esbranquiçada no meu rosto, escurece minhas olheiras, esfrega lama nas minhas mãos.

Quando olho no espelho daquele guarda-roupa monstruoso, vejo um fantasma. Meu fantasma.

Setenta e sete

A senhorita Phillips subiu da Rua do Porão e está sentada na penumbra, na escada do alto.

Sei por que está ali. Para a despedida indizível.

Vovô abre a porta dos fundos e se volta para ela.

O rosto duro, direto, da senhorita Phillips está machucado, ferido, molhado com lágrimas. Ela faz que sim.

Lá fora, a Lua está mais alta do que o muro. Vovô demoliu o abrigo antiaéreo depois que o homem da Lua apareceu. Tudo o que resta está empilhado organizadamente para esconder a entrada do túnel. Ele tira dali as lâminas de ferro corrugado, deixando tudo pronto para eu passar, antes que ele as ponha todas de volta no lugar. Para que se tenha a impressão de que nada aconteceu.

Aqui está uma cova na terra, pronta e a minha espera. Não há volta, agora não. Estou na terra de ninguém. Uma terra em que ninguém ia ser maluco de querer estar, sem a menor dúvida.

Dou um beijo em Vovô.

Não espero que ele diga uma palavra que seja. Mas ele diz.

– Standish, tenho orgulho de você.

Setenta e oito

Sei que estou morto. A única pergunta é como vou morrer.

Estou vendo o que Hector viu quando passou por aqui. O alçapão está totalmente escondido entre os espinheiros e as urtigas picantes. Consegui rasgar minha calça e arranhar minhas pernas enquanto me esforçava para sair do meio de todo aquele emaranhado da natureza.

Tiro de mim o máximo de terra que consigo; o resto, esfrego na pele. Estou bastante sujo e com sangue escorrendo pelas pernas. Subo até onde ficava o prado. Agora ele é um campo de batalha, com marcas de pneus de caminhões e terra agredida. Ao longe vê-se o palácio velho e feio, com sua enorme janela de vidro ainda observando.

Sei para onde ir. Estou com o mapa do homem da Lua gravado na mente, apesar de as latrinas estarem mais longe do que eu imaginava. A claridade é tamanha que você poderia se convencer de que estava no meio do dia, em vez de no anoitecer.

Engraçado como na cabeça da gente tudo parece tão simples. Eu tinha tudo planejado. Invadiria o lugar, encontraria Hector, atiraria minha pedra e juntos escaparíamos. É a droga da realidade que destrói os planos. Eu caminho até as latrinas, que não estão muito longe daquele monstrengo de prédio. Se estivesse de olhos vendados, eu ainda as encontraria. O cheiro é medonho. Vejo o holofote, um olho no céu para me detectar. Ali dá, Standish, ali dá.

– Pare! – grita um dos guardas quando o facho de luz me prende ao chão.

Ouço o som de pés correndo. Dois Moscas-Verdes me agarram e arrastam até um homem cujo rosto não consigo ver. A luz por trás dele é forte demais.

Por favor, penso, não deixe que isto termine antes de ter começado. Que esse não seja o homem do casaco de couro. Cubro meus olhos.

– Virem a luz para o outro lado – grita o homem.

Ele está delineado em amarelo elétrico. Fico aliviado ao ver um oficial que não é o homem do casaco de couro.

– O que você está fazendo aqui? – pergunta aos berros.

Respondo na minha melhor língua da Terra Mãe:

– Cagando, senhor.

– Por que tão longe?

– O senhor viu as latrinas? Até os ratos morrem com o cheiro.

Estou esperando uma bofetada por minha audácia. Em vez disso, ele continua:

– Uma boa cagada, hem? Deve ter sido, pelo jeito como suas pernas ficaram. – Ele ri. – Quer dizer que você não gosta das instalações?

Acho melhor não responder. Ele não parece assim tão estável, esse oficial explosivo.

– Você está no turno do dia?

Faço que sim.

O oficial me faz marchar até um barracão onde uma mulher enorme está sentada numa cadeira de braços. Atrás dela, uma cortina de aniagem esconde o que fica lá dentro. Ela se levanta. A cadeira vem junto, presa ao seu traseiro num ângulo.

Ela está usando um uniforme de enfermeira-chefe, mas acho que não faz muita coisa ligada à enfermagem.

O oficial, satisfeito, grita com a mulher gorda. Não vale a pena traduzir. Qualquer um pode captar o sentido geral do que ele está dizendo. Mas isso me dá tempo para ver com mais clareza o que fica para além das portas abertas do palácio. Parece que a Lua trombou com a Zona Sete.

Setenta e nove

O homem da Lua me disse que havia milhares de pessoas famintas trabalhando aqui. Vejo uma porção de vultos em pé no lado escuro da Lua. Estou agora olhando exatamente para um cenário de filme que é o cenário mais importante jamais construído, que vai transformar toda a nossa vida, mudar a história. O mundo está prestes a engolir uma mentira descomunal, impossível de digerir. E eu, Standish Treadwell, sou o único que tem um plano.

A gorda volta ao seu posto, xingando o oficial entredentes, enquanto ele se afasta. Percebo que ela tem um chicote que caiu no chão e sinto uma tentação enorme de chutá-lo para longe dela. Mas não o faço.

– Número? – grita ela para mim.

– Há... não sou bom para lembrar números – respondo. Bancar o burro vai funcionar bem para mim aqui.

Ela abre a cortina. E eu penso, vamos entrando, vamos entrando, seja bem-vindo à sala de espera do inferno.

Beliches e mais beliches, nada mais do que duas tábuas por cama, sem coberta, sem nada. Todos estão dormindo vestidos, até mesmo com sapatos. Parecem cadáveres encolhidos: as roupas, o único lembrete sólido de que um dia eles as enchiam com determinação.

Não há uma cama vaga.

Estou pensando em me arrastar para debaixo de um dos beliches quando uma mulher fala:

– Aqui, querido, pode dividir comigo.

Ela é magra de dar pena, seus olhos são fundos.

– De onde você é? – pergunta.

– Estou perdido – respondo.

– E não estamos todos nós?

Que nação cruel é a monstruosa Terra Mãe! Não dá para acreditar que ninguém tenha se levantado para estrangular a vagabunda.

Oitenta

Não me lembro de muita coisa até as luzes acenderem. Soa uma campainha e, um a um, cada beliche é desocupado. Todos ficam parados, imóveis, como robôs. Os Moscas-Verdes têm pastores-alemães furiosos que, mesmo com as guias, se esforçam para avançar. Nós nos enfileiramos para nos lavar numa bomba de água.

– Beba a água – diz a mulher que me deixou passar a noite nas tábuas nuas com ela. – Lave o rosto, mas tente beber toda a água que conseguir.

Não é tão simples quanto parece. Os guardas não querem que ninguém beba a água. Voltamos a nos enfileirar. Cada um de nós recebe uma fatia de pão equilibrada sobre uma caneca de chá preto. Fazem-nos entrar no palácio, enquanto os vultos que vi ontem à noite passam no sentido contrário, cansados demais para levantar os pés. Eles vão dormir nos beliches duros de madeira dos quais acabamos de sair.

Cacilda! Quando você se descobre dentro da atrocidade que é aquele prédio e vê aquela Lua com seus próprios olhos, é aí que percebe que ela ocupa todo o espaço enorme do monstrengo. Homens de jaleco branco andam para lá e para cá, tirando medidas exatas de tudo.

Nossas ordens para o dia de hoje são para instalarmos os panos de fundo do céu no lugar e posicionarmos as estrelas onde deveriam estar. Os detalhes são coisas que a Terra Mãe aprecia muito. Papelada e detalhes. Todo o mundo entra em fila. Vou lhe dizer uma coisa, parece tão irreal. Uma cidade de trabalhadores lunares. Pelo menos, não vou chamar a atenção no meio de uma multidão dessas. De acordo com o homem da Lua, a única maneira de chegar perto do cenário é se apresentando como voluntário, o que ninguém nunca faz. Pelo motivo de que, se você errar ou se um dos oficiais não for com a sua cara, isso resulta num tiro na sua cabeça. E não se pode discutir com uma bala tão definitiva.

Pode ser que eu tenha de repensar essa parte. Essa ideia de me apresentar como voluntário, porque parece que minha coragem não acordou comigo hoje. Espero que Vovô, a senhorita Phillips e o homem da Lua tenham escapado, porque acho que eu não vou escapar.

– Você aí – diz uma voz.

– Eu?

– É, você.

Sou arrancado da multidão. Fico parado na borda da Lua, sentindo sua poeira prateada pelo furo no meu sapato.

– Você ouviu o que eu disse?

Esse oficial tem um revólver na mão e parece que a arma está um pouco necessitada de exercício de tiro. Dá para eu ver por que o senhor Gunnell queria tanto se juntar a esse bando de criadores de larvas.

– Sim – respondo.

Porque apesar de eu estar definitivamente pensando em outras coisas eu também estava escutando. Eles querem voluntários. A única parte que perdi – o que foi uma pena – era para que eles queriam voluntários.

Ergo a mão. O oficial com um revólver, e com a necessidade de encontrar uma cabeça na qual possa atirar, parece quase decepcionado. Um dos Moscas-Verdes me leva dali.

Oitenta e um

Há outros dois garotos mais ou menos da minha idade que não se apresentaram como voluntários. Mesmo assim, são arrancados do meio da multidão. Ouço uma mulher berrar o nome de um deles. Mais velho que eu, ele se encolhe ao ouvir a voz dela. Somos levados para fora do cenário da Lua. Puxa vida, eu devia ter prestado mais atenção. Vai ver que me ofereci para limpar aquelas latrinas fedorentas. Agora estamos debaixo de um sol forte, olhando para um estacionamento cheio de caminhões com losangos prateados que o homem da Lua descreveu para mim e para a senhorita Phillips. Está vendo? Assim que todos aqueles milhares de trabalhadores lunares tiverem cumprido suas funções, eles receberão uma bela barra de sabão e um bom banho de gás.

Quanto mais eu vejo tudo isso, menos acredito que eu, Standish Treadwell, possa fazer qualquer coisa a não ser me tornar o que todo o mundo ali vai se tornar. Comida para larvas. Os outros dois garotos ao meu lado são tão magros que fazem que eu sobressaia. Isto me preocupa. Mesmo assim, eles ainda não estão tão esqueléticos como outros que vi. De algum modo, isso não me tranquiliza. E se for um truque? E se o homem do casaco de couro tiver encontrado o túnel ontem de noite, tiver prendido Vovô, a senhorita Phillips e o homem da Lua e souber o que estou fazendo aqui? O lugar está infestado de Moscas-Verdes e oficiais. Nunca tinha visto tantos quanto estou vendo hoje. Acho que entrei num ninho de insetos.

Passamos pelas latrinas, pelos caminhões que aguardam. É um alívio. Pelo menos, espero que seja.

A fome faz você enxergar as coisas sem clareza. Isso não é modo de viver, e aqueles losangos prateados não são modo de morrer.

Oitenta e dois

O laboratório é um prédio de feiura eficiente, com uma enorme bandeira da Terra Mãe tremulando no alto. Sei que é aqui que fazem as experiências. O homem da Lua me contou.

Nós três somos levados escada acima e seguimos por um corredor comprido. Somos pesados e medidos. Nenhuma surpresa: sou o que pesa mais. Só espero que isso não me denuncie. Prendem um número em cada um de nós e somos encaminhados para uma sala estreita e longa, com algo que deve ser um espelho de duas faces numa ponta. Mandam que olhemos para a frente e depois fiquemos de lado. O homem sem rosto por trás do espelho chama os números, até que sou o único que resta.

Ou isso significa que ganhei um prêmio, ou Número Cinco, seu tempo está esgotado. Tento ver o lado positivo deste navio que está afundando. Mas estou mesmo é apavorado.

Um guarda me acompanha por mais corredores. Duas portas de vaivém com vigias dão para um ambiente alto e espaçoso. Lá em cima, perto do teto, vê-se uma viga de metal com uma corda pendurada. Há sacos de areia no chão. Na parede oposta, há uma janela – estou sendo observado sem poder ver quem está me observando. Por um instante, penso, droga, vou ser enforcado e nunca bebi Croca-Cola, nunca dirigi um Cadillac e nunca, jamais, beijei uma garota. Todos esses nuncas são o que vou levar comigo.

Sou preso em tirantes ligados por meio de uma presilha à ponta da corda. Então os sacos de areia são pendurados nos tirantes para me dar mais peso. Um homem num traje de astronauta e botas para simular gravidade, como as que nosso homem da Lua usa, mas muito mais limpas, entra no salão. Não se vê o seu rosto por trás do brilho de um visor de vidro dourado. Ele também está sendo preso a alguma coisa, não dá para ver a quê.

Um homem de jaleco branco me dá uma ordem.

– Você deve subir e descer suspenso pela corda quando mandarmos.

É o que faço, e percebo por que eles precisam de mim. Meu pés saem do chão. O astronauta na outra extremidade é suspenso da corda por fios quase invisíveis. Não sei ao certo como funciona, mas, quando meu peso sobe e desce, o homem se ergue do chão o suficiente para dar a impressão de que não há gravidade. A corda desliza para lá e para cá ao longo da viga.

Em pouco tempo, estou com sede demais para conseguir continuar. Esses tirantes me fazem sentir calor, é o que posso dizer. Paro. Não vou pular mais. Um guarda se aproxima de mim. Poderia ser o irmão gêmeo do senhor Gunnell. Quer dizer, se o senhor Gunnell tivesse um irmão gêmeo, um que não usasse meia peruca. Os dois têm o mesmo ar de "Vou matar você". Os dois têm a parte de trás da cabeça achatada.

– Mexa-se. – Ele me cutuca. Carne pendurada para ser espetada.

O astronauta está ali parado, esperando. Não me importa. Quero um copo de água.

Oitenta e três

O que é que estou fazendo, é o que me pergunto. Porque o guarda parece pronto para fazer picadinho de mim. Destruí minha única chance de executar meu plano, minha única chance de mostrar as palavras de Vovô para o mundo. Pateta. Em troca do quê? De um copo de água.

É nisso que estou pensando quando o astronauta deixa o salão. Surge um homem de jaleco branco. Ele chama o guarda. O guarda também sai, de modo que fico ali, só eu e o homem do jaleco branco. Ele está em pé, olhando direto – não, eu diria que está me olhando de lado –, como se eu fosse uma espécie alienígena. Tenho vontade de lhe dizer que sou do Planeta Júniper. Não digo. Em vez disso, fixo o olhar no piso de cimento. Só levanto os olhos quando ele fala.

— Você é o primeiro que consegue fazer isso. Ao contrário dos outros, você está saudável.

— O que isso quer dizer? — pergunto.

— Você tem energia.

— Sou da nova leva, senhor.

Ele não responde. Vai ver que eu não devia ter dito isso.

Foi um alívio, posso garantir, ver o guarda voltar, com um copo de água e um bom naco de pão integral.

Pão integral.

Perigo mortal.

Eu como. E bebo.

Estou me esforçando ao máximo para considerar que o pão e a água são bons sinais. Que eles significam que vou ser preso de novo nos tirantes. Só que não me prendem. O guarda — aquele que parece irmão do senhor Gunnell — me leva dali. Dali para onde? É isso o que me dá calafrios. Minha cabeça dói só de pensar nisso. Agora tenho certeza de que o homem do casaco de couro encontrou o túnel, somou dois mais dois e chegou à conclusão. Vai ver que o homem do jaleco branco me denunciou. Pelo menos ainda estamos andando. Acho que esse é um bom sinal. Estamos voltando para o cenário da Lua. Só então me ocorre. Putzgrila! Pode ser que, como não sou bom para ser o peso na ponta da corda da gravidade, eu esteja sendo devolvido para me juntar aos milhares de trabalhadores que estão alisando a superfície da Lua. O que me consola é que pode ser que seja melhor sair com meu cartaz a partir desse ângulo do que estar amarrado a tirantes.

Bem, essa ideia acabou de escapar pela janela.

Sou levado para uma trincheira, numa dobra na superfície da Lua. Ela é longa, estreita e acompanha uma curva. É funda suficiente para eu correr para lá e para cá sem ser visto.

Ali embaixo está um homem de macacão marrom. Deixam-me na trincheira, e um conjunto de tirantes, parecidos com as alças de uma mochila, é fechado na frente do meu corpo. Fico olhando para ver como ele faz isso. Depois, o homem liga fios invisíveis aos meus tirantes.

Não dá para ver nadica de nada dali debaixo. De repente, meus pés saem do chão, e o homem de macacão marrom me movimenta como se eu fosse uma marionete.

Que, quando se pensa bem, é o que eu sou. Sou o peso morto que faz que o astronauta pareça não ter peso. Eu pulo de um lado para outro na trincheira até não conseguir pular mais.

Oitenta e quatro

Deve ser tarde. Agora estou tonto demais para ser útil. Por fim, eles me soltam. Gravo na minha cabeça como se faz. A presilha com o fio invisível – não vai ser muito difícil eu me livrar dela. O que me preocupa é de que modo vou conseguir sair rápido dessa trincheira. Se eu não tiver como fazer isso, nunca vou conseguir exibir meu cartaz, e o mundo nunca vai saber de nada.

Estou começando a achar que essa história de ser voluntário talvez não tenha sido minha ideia mais brilhante. E então, para meu extremo alívio, o homem do macacão marrom me mostra degraus que eu não tinha visto, fixos na lateral da trincheira. Presto atenção ao lugar onde estão e tento calcular quanto tempo devo levar para subir por eles depois que tiver conseguido me soltar do fio invisível. Então, tudo o que preciso fazer é chegar à superfície da Lua com a mesma velocidade necessária para tirar meu cinto.

Mesmo assim, não tenho planos para o "e depois?". Só chegar até esse ponto já seria uma vitória digna de ser contada.

Saio da trincheira para descobrir que o sósia do senhor Gunnell está esperando.

Oitenta e cinco

– Você tem sorte – diz o guarda. – O último garoto morreu.

Ele desce comigo por uma escada metálica em caracol que parece girar e girar, sem fim. Lá embaixo há um corredor branco interminável, com lâmpadas dispostas no meio, em pequenos lustres que lançam triângulos de luz ofuscante. De cada lado, há fileiras de portas de metal com vidro grosso de submarino no alto. Ainda continuamos andando. Não sei ao certo onde é que entra a sorte nisso tudo. As botas de biqueira de aço do guarda produzem o eco de um exército em marcha. Afora nossos passos, reina lá embaixo um silêncio de morte. Parece deserto. Tenho a sensação de que estou sendo enterrado vivo. O lugar tem cheiro de metal e de terra.

E continuamos andando.

Fico pensando no que o guarda quis dizer. Estou morto, ou existe um amanhã? Não lhe pergunto. Posso ver que ele extrairia prazer demais em não responder. Ele para diante de uma porta que parece igual a todas as outras. Ele a destranca e então a abre com um empurrão. Não vejo nada além da escuridão. Pode ser que eu esteja certo, vão me deixar aqui para morrer, e ninguém vai se importar com isso.

O guarda me empurra para dentro, e a porta se fecha atrás de mim com o som de para sempre nas fechaduras.

Estou-me esforçando ao máximo para enxergar quando não vejo nada. Não faço a menor ideia se a cela é grande ou pequena. Só sinto a escuridão úmida. Demoro um tempo para perceber que não estou só. Tem mais alguém ali. Esse mais alguém fala.

– Quer dizer que pegaram seus pais também? – diz o alguém. – Você é muito amado? – Não respondo. Mesmo abatida, conheço aquela voz. – O último garoto não era assim tão amado. Veja só, eles o mataram.

Vou me aproximando, com as mãos estendidas adiante de mim.

– Não se aproxime – pede. Eu continuo avançando.
– Eu disse para não se aproximar!

Só paro quando acho que estou perto dele e que ele vai poder me ouvir sussurrar.

– Hector, sou eu, Standish.

Oitenta e seis

Não estou vendo Hector. Só ouço sua voz. Ele é um volume, uma sombra no canto. Sento-me a seu lado.

Ele se aproxima de mim.

Sei que está ferido.

Conheço-o melhor do que a mim mesmo.

Sei o que ele está pensando.

Está querendo saber o que Standish está fazendo neste inferno.

– O que fizeram com você? – pergunto.

– Nada de tão ruim – responde. – Ainda me restam oito dedos.

– Você deveria ter dez.

– Meu dedinho foi para meu pai depois que mataram Mamãe.

Sua voz está fraca. Quase não dá para ouvir.

– Não entendo. Por quê?

– Porque eles queriam mostrar a Papai que desta vez não iam brincar em serviço; que, se ele se recusasse a cooperar com os mandachuvas outra vez, eles me matariam também, só que devagar.

Ele está com dificuldade para respirar.

– O que seu pai fez? – pergunto.

Ele demora para responder. É um segredo que não deve ser dito. Apesar de eu saber a resposta, só vou acreditar nela se Hector me contar.

– Ele era um cientista do governo – sussurra. – Papai tinha o sonho de mandar um homem à Lua. A Presidente gostou daquele sonho. Mas aí Papai se recusou a trabalhar para a Presidente, por causa do tratamento que a Terra Mãe dá a seus trabalhadores. – A voz de Hector está fraca, e ele procura recuperar o fôlego. – Eles chamam as pessoas como meu pai de suspensas. Sabíamos que um dia Papai teria de ser reativado. Estavam precisando dele.

Imagino que fazer que uma Lua simulada ficasse parecida com a real, com uma espaçonave que pudesse pousar nela e um astronauta que pudesse andar nela, exigiria um cientista ou dois.

Hector fala muito baixinho.

– Se Papai fizer o que lhe pedem, eu sou alimentado, meu curativo é trocado. Se não fizer, aí eu perco mais um dedo.

Oitenta e sete

As luzes se acendem tão de repente que eu tenho a sensação de ter levado um soco. Hector abre os olhos. Acho que pode ser que eles tenham nos escutado. Eu falei demais? Hector falou? Está tudo tão claro que, por um instante, fico totalmente ofuscado de novo. Hector se afasta. Quando ele volta a entrar em foco, está olhando para mim como se eu fosse algum tipo de aparição.

– Tive esperança de que você fosse só um sonho – ele fala. – Um sonho bom, que veio para me consolar.

Agora vejo Hector com clareza. Ele parece transparente. Seus curativos estão encardidos, com sangue novo se infiltrando. Mas ele vai ficar bom. Sei que ele vai ficar bem. Puxo-o para mais perto e lhe dou um abraço. Se eu não soltá-lo, ele vai melhorar.

– Prenderam Vovô também? – pergunta.
– Não – respondo num sussurro.
– Por que só você?
– Vim sozinho para levar você para casa.
– Você veio aqui... Como? Pelo túnel?
– Foi – respondo.
– Ficou maluco?
– Pode ser.

Ele ri. Uma risada chiada. Pelo menos, fiz que ele visse o lado engraçado.

– Standish, qual foi a ideia admirável, enlouquecida, que você teve?

– Uma boa ideia – falei.

Mas preciso admitir que o guarda estava certo quando disse que eu estava com sorte. Encontrar Hector foi, até aquele momento, a maior sorte. Vai ver que era um sinal de que meu plano poderia funcionar. Só preciso acreditar que pode funcionar.

– Penso muito em você – diz Hector, baixinho.

– Vou levar você para a terra das Croca-Colas. Lembra? Vamos dirigir um daqueles Cadillacs grandes.

– Qual é a cor dele? – pergunta Hector, e isso me preocupa. Ele deveria lembrar. Falamos bastante sobre isso.

– Azul-celeste – respondo.

Ele tosse. Não é um barulho legal. Muito fundo, muito cheio de caixões.

Por que a humanidade é tão cruel?

Por quê?

Oitenta e oito

As luzes se apagam.

— Eles fazem isso o tempo todo. Ligam, desligam, ligam, desligam. Deve ser para enlouquecer a gente. Acho que pode ser que esteja funcionando — diz Hector.

Não quero que ele tenha esses pensamentos sombrios. Mas nada parece animador no escuro desta lata fechada.

— Está doendo? — pergunto. — Sua mão?

— Sim. Não — responde.

Hector encosta a cabeça em mim. Está ardendo em febre. Eu ia lhe falar da minha pedra, mas agora só consigo pensar em fugirmos daqui. Temos de encontrar o senhor Lush. Hector precisa de remédio.

Eu bem que queria ver seu rosto. Tudo o que ouço é esse chocalho de cobra no seu peito.

As palavras mascaram o barulho.

– Quando você foi embora, ficou aquele buraco enorme. Eu não podia andar por aí com um buraco daquele tamanho no meu coração.

Ele não diz nada, mas sei que está ouvindo. As palavras são o único remédio que tenho.

– Você dá sentido a um mundo sem sentido. Você me deu botas espaciais para eu poder pisar em outros planetas. Sem você, estou perdido. Não existe esquerda, nem direita. Nem amanhã, só quilômetros de ontens. Não importa o que aconteça agora, porque encontrei você. É por isso que estou aqui. Por causa de você. Você que eu amo. Meu melhor amigo. Meu irmão.

– Eu nunca deveria ter ido buscar aquela bola – diz Hector, sonolento.

Não há o que eu possa dizer sobre isso. Tudo o que vejo é o vazio entre as palavras.

Sua voz vai-se calando. Ele adormece. O único som é o raspado da sua respiração ruidosa.

Oitenta e nove

Acordo sobressaltado. Por um instante, não faço ideia de onde estou. As luzes estão acesas de novo. A porta é aberta com violência, e o guarda parecido com o senhor Gunnell entra com uma bandeja de comida. Ele a põe diante de mim. É comida de verdade. O cheiro dá água na boca.

– Coma!

Levo a bandeja para Hector.

– Não. Só você.

– Não vou comer – recuso. – Não se ele não puder comer também.

O guarda me dá um tapa na cabeça.

– Ordeno que coma.

Acho que estou me arriscando a uma surra daquelas. Hector vai mais para o canto, grudando-se na parede. Dá para eu perceber que o guarda está louco para quebrar minha cabeça. Dá para ver seus pensamentos girando no seu cérebro flácido. Mas aposto que ele ainda não recebeu essas instruções. Elas virão depois que o astronauta pousar na Lua e o mundo tiver engolido essa cascata. Meu coração só volta a bater quando o guarda sai, levando a bandeja de comida junto. Parece que eu estava certo quanto ao espancamento. Ele bate a porta com força ao passar. O aroma apetitoso da comida fica para trás.

– Que maluquice você acha que está fazendo? – pergunta Hector.

– Ou nós dois comemos, ou nenhum de nós come.

– Standish, não servem comida para ninguém aqui. Isso aqui não é uma droga de um acampamento de férias.

– Acho possível que eu tenha algum poder.

– Ora, Standish, o que está passando por essa sua cabeça sonhadora?

Então conto a Hector a história da corda e de como eu faço o astronauta parecer que está andando sem gravidade. E lhe falo do gigante e da pedra.

Hector olha fixo para mim.

– Nós fizemos um foguete espacial, lembra? Íamos para o Planeta Júniper. Quase fomos. Se não tivessem levado você embora, estaríamos lá agora.

Parece que Hector está prestes a dizer que eu estou maluco, mas não diz. A cabeça encostada na parede, ele a inclina para trás. Vejo que lágrimas escorrem pelo seu rosto.

– Você tem razão – diz. – Podíamos ter escapado naquele foguete. Foi culpa minha não termos feito isso. Eu não conseguia acreditar do mesmo jeito que você acreditava. Não conseguia ver além do papelão. Desta vez, desta vez, Standish, acredito em você. Sem sombra de dúvida, acredito em você. Se alguém pode atirar a pedra, esse alguém é você. Se alguém pode me livrar deste inferno, esse alguém é você.

Noventa

Ouvimos passos. A chave gira na fechadura. O que vai acontecer agora? Vai ver que deram ao guarda permissão para esmagar meus miolos, no final das contas.

O guarda número um está acompanhado de outro guarda, e atrás dos dois vem um homem com o corpo pequeno e uma cabeça que parece fincada num poste. Esse homem está usando um jaleco branco. Eles fazem Hector ficar em pé. As pernas dele não aguentam o peso. Ele é jogado sobre o ombro do guarda que quer quebrar todos os meus ossos.

– Para onde vocês estão levando ele? – grito. – Deixem-no em paz. Não toquem nele.

O homem do jaleco branco só ergue a mão.

– Larguem-no – berro. – Deixem-no em paz. Deixem-no. Se vocês o machucarem, não faço nada para vocês.

Não passo de um inseto. O segundo guarda me afasta com tanta força que vou parar no lugar onde Hector estava. O chão está molhado. Ele tinha urinado. Todos saem, batendo a porta. Eu me levanto, jogo-me contra ela repetidas vezes. As luzes se apagam.

Noventa e um

Estou no escuro. O tempo se esqueceu de mim. Não faço ideia de quanto tempo estive sentado aqui, eu e o ronco do meu estômago vazio. Penso em Vovô, na senhorita Phillips e no homem da Lua. Gostaria de saber se conseguiram escapar. Penso em Hector e paro de me preocupar com as lágrimas. Está escuro, quem vai vê-las, afinal de contas? Minha cabeça gira com todas as muitas possibilidades do jogo do "e se". Estou tentando não chorar. Tentando mesmo. Estou com um bolo na garganta, a fúria me sufocando.

Preciso me acalmar. Não posso me tornar um lunático, ainda não. Acalme-se. Não fique de lua. Não fique triste com a Lua.

Palermas da Lua.

Quem eu quero ser bem agora, neste exato momento? Quero ser um juniperiano. Se eu fosse, com minha visão radiante, eu salvaria Hector e todas as milhares de pessoas aqui dentro. O problema é que tenho a sensação de que essa façanha talvez seja difícil demais até mesmo para os juniperianos. Vai ver que é demais para mim. Não, não posso pensar desse jeito.

Mas, e se eu tiver entendido tudo errado e não tiver a força para atirar minha pedra? Não seria a primeira vez que entendi as coisas ao contrário. Amanhã, eles simplesmente vão encontrar um moleque mais apavorado, mais prestativo para pendurar nos tirantes.

Não estou preocupado com isso, não muito. O que me mata de preocupação é a ideia de deceparem mais um dedo de Hector.

Noventa e dois

Levo um susto daqueles. A luz é acesa e o guarda número um entra. Enlouquecido, estou prestes a perguntar por que motivo estou aqui. É o pavor que me faz ter essa vontade. As palavras estão subindo, como um pum na garganta. Fecho os olhos. Se ele vai me matar, é melhor eu não assistir.

Vem o som de alguma coisa sendo arrastada para dentro da cela. Isso faz que eu olhe. Os guardas estão pondo no chão dois colchões finos. Então trazem Hector de volta. Fizeram um curativo novo na sua mão e mudaram sua roupa.

Ele está deitado no colchão, tremendo.

O guarda traz duas bandejas de comida e um cobertor. Cubro Hector com o cobertor. Ele diz que está congelando de frio. Toco na sua pele. Está uma frigideira.

— Comam — ordena o guarda.

É peixe com fritas. Peixe com fritas e uma grande fatia de limão. Essa é uma refeição da Zona Um. Eu nunca na vida tinha visto um limão de verdade. Sinto o cheiro do limão — cheiro de sol. É a única cor nesta cela cinzenta. Como e lambo meu prato. Hector não toca na comida.

— Você precisa comer alguma coisa — digo. — Vai fazer você melhorar.

Corto sua comida em pedacinhos, e ele aceita o menor de todos.

— Coma você por mim, Standish — fala.

Estou com tanta fome que como. Não quero pensar em Hector assim tão doente. Simplesmente não posso pensar nisso, ponto-final. Ele vira a cabeça para o outro lado e fecha os olhos. Eu como. Poderia ter comido o prato.

O guarda leva as bandejas embora. A porta é trancada, a luz é desligada.

Só o luar entra ali.

— Estou com muito frio — diz Hector. Eu o abraço, na esperança de que pare de tremer, de que pare de arder em febre.

— Vi meu pai — sussurra Hector no meu ouvido.

— Legal.

— Ele sabia que você estava aqui. Perguntou se o homem da Lua chegou a vocês.

— Não — respondo.

O velho Hector jamais cairia nessa. Nunca escondi nada de Hector, só isso, e fico envergonhado. Mas, e se ele soubesse e eles fossem decepar mais um dedo dele? Eu sei o que faria: diria tudo de uma vez só. Melhor guardar o segredo comigo.

Acho que Hector está dormindo quando fala:

— Não acredito em você.

Noventa e três

Nada importa, a não ser Hector. Ele é o momento, este momento. Ele é o único momento.

– Me beija – pede baixinho.

Sempre imaginei que a primeira pessoa que eu ia beijar seria uma garota. Agora não faz diferença. Beijo Hector. O beijo é retribuído com anseio. Um anseio por uma vida que nunca teremos.

– Amo você – sussurra. – Essa bagunça maluca e corajosa que você é.

– Hector, só fica comigo. Não posso fazer isso sem você.

– Vou estar com você – fala. – Não vou sair do seu lado, prometo. Sempre cumpro minhas promessas.

Adormecemos abraçados um ao outro.

Acordo apavorado. Alguém está nos separando. Dois homens de jaleco branco. Eles me arrancam de cima do colchão. Fico em pé, meio afastado, atordoado. Estão inclinados sobre Hector, escutando seu peito.

– O que houve?

– Afaste-se – diz um homem de jaleco branco.

Não dou atenção. Um dos homens está falando na Língua Mãe com seu colega. Não quero ouvir o que estão dizendo. Sei que não é bom. Dá para ver que não é bom. Basta olhar para Hector e eu sei. Seu rosto está cinzento.

– Hector... – chamo.

– Standish...

Sua respiração está toda errada.

Um guarda vem para me levar para fora. Um jaleco branco o impede. Ajoelho-me ao lado de Hector. Ele sussurra no meu ouvido:

– Vou encontrar aquele Cadillac da cor de sorvete.

Não tenho tempo para responder. Os guardas têm a paciência de um mosquito. Levantam-me à força. Luto com eles. Não ligo a mínima para o que vão fazer comigo.

– Hector – grito. – Espera, não vai embora sem mim...

O senhor Lush vem correndo pelo corredor. Acho que ele não me vê. Envelheceu uns cem anos. Seu cabelo passou de grisalho para branco. Ele já está com Hector mesmo antes de chegar à cela.

Sei o que Hector está fazendo. Está fugindo daqui na maior velocidade possível. Para ser franco comigo mesmo, eu sabia disso o tempo todo. Não o culpo. Só queria que ele tivesse esperado por mim. Se é assim que o mundo gira, eu também não quero ficar por aqui.

Noventa e quatro

A vida de todos nós tem um dia marcado em que seremos apagados. É bom não saber a data. Mas é provável que ninguém pensasse que aconteceria desse jeito.

Acima de mim está suspenso um grande disco voador vermelho e prateado. Sei o que é. Seria preciso ser cego, surdo e abobalhado para não saber. Ele apareceu em todos os jornais do mundo. É o módulo de pouso. Ele vai se destacar do foguete em órbita e pousar na superfície lunar da Zona Sete.

É impressionante como ele parece inútil.

Sou levado para a mesma trincheira de ontem, na mesma dobra na superfície da Lua. As câmeras estão no lugar – trecos grandes, desajeitados.

Sou atado aos tirantes pelo homem de ontem, o de macacão marrom, enquanto sacos de areia são presos a mim para alcançar o peso certo. Só espero ter força suficiente para me desprender, quando chegar a hora. Posso sentir o cinto enrolado na minha cintura, à espera. Não sei bem como vou tirá-lo. Este, no momento, é meu maior problema.

Do braço de uma grua que paira acima de nós, o diretor vocifera suas ordens. Em menos de uma hora, talvez antes, as imagens serão transmitidas para o mundo. Hoje, ao contrário de ontem, há pequenas televisões na trincheira, para macacão marrom ver o que está acontecendo. É um alívio.

O disco voador vermelho vem descendo, girando, para a Lua presa a esta terra, jatos de ar dispersam a areia quando ele faz um pouso impecável. Se isso estivesse acontecendo de verdade, o astronauta ali dentro já estaria frito. Seria de esperar que o mundo livre tivesse calculado isso sozinho, mas acho que ele prefere a teoria eletrizante de que tudo está ao alcance do homem.

Noventa e cinco

Com um puxão, sinto o peso na outra ponta do arame, e meus pés saem do chão quando o astronauta dá um pequeno pulo na superfície da Lua.

– Corta – grita o cara na grua. – Onde está a pegada?

Um homem em pânico traz o molde de uma bota. É uma trabalheira daquelas colocá-lo exatamente no lugar certo. Pessoas com proteções de pano nos sapatos tiram medidas meticulosas e depois fazem a pegada bem no local onde o astronauta deve pisar primeiro com sua bota espacial. Macacão marrom me diz exatamente onde preciso estar na trincheira quando o astronauta sair do módulo de pouso. Ensaiamos isso muitas vezes. Depois, surge mais confusão por causa do lugar certo para pôr a bandeira. Essa bandeira é o que está emperrando as coisas, posso garantir.

Como aquecimento, sou puxado para cima e para baixo pelo homem de macacão, até eu pegar o jeito. Todas as marcações estão prontas para me indicar onde pôr os pés no chão e onde saltar. O astronauta, com aquele seu capacete enorme, ainda não consegue ver o furo que foi feito especialmente para a bandeira. Eles usam uma rocha para marcar o ponto de encontro entre Y e X. A bandeira pende pesada. Quer dizer, poderia ser qualquer bandeira velha, vermelha e preta.

– Corta – ordena o diretor.

Noventa e seis

Finalmente, chega a hora. Estou mais nervoso do que nunca na minha vida. Se eu fracassar agora, tudo terá sido por nada. Ajudam o astronauta a entrar de novo no módulo de pouso, e tudo é içado de volta para o telhado forrado de preto. Melhor, penso eu, que a Lua de verdade não veja isso: ela poderia cair do céu de tanto rir. Só que não é engraçado. E eu ainda estou preocupado com o jeito que vou dar para tirar meu cinto de debaixo da roupa. Mesmo assim, ainda não pensei no que vou fazer depois que tiver mostrado meu cartaz para o mundo.

Sinto meu coração afundar de desânimo até o buraco na sola do meu sapato. Numa sala de observação envidraçada, vejo uma figura que reconheço, o homem do casaco de couro. Sei que está procurando por mim. Isso poderia significar uma coisa ou outra: ou Vovô, a senhorita Phillips e o homem da Lua não escaparam, ou eles escaparam e o homem do casaco de couro encontrou o túnel.

Fico escondido na minha trincheira. O homem de macacão marrom, que esteve comigo o tempo todo, sobe pela escada. Vejo que ele não levou muito tempo para passar pelo alto da trincheira. Ele começa a discutir sobre o uso de uma máquina de vento, porque não há atmosfera na Lua e a bandeira não teria como ser soprada. Em desespero, luto para soltar o cinto de Vovô, encontrar a fita para poder simplesmente puxar o cinto quando chegar a hora. Volto a respirar quando o nó se solta. Ele projetou bem o cinto. A fita está ao meu alcance. Posso ver os pés de um guarda. Ele não está com a atenção concentrada em mim, apesar de eu ter certeza de que é isso o que ele deveria estar fazendo. Não, ele está interessado demais em ver o módulo de pouso sendo içado para o lugar certo. Junta-se aos pés do guarda um par de botas bem engraxadas. Volto a olhar para cima, para a sala de observação, mas o homem do casaco de couro não está lá. Ele está parado bem aqui, de costas para mim. Está perguntando ao guarda se ele viu um garoto, com uns 15 anos e um olho de cada cor.

Caramba! Estou tão perto, e logo agora vou ser apanhado.

— O que você está fazendo? – grita o homem do macacão marrom para o homem do casaco de couro. – Já para fora da superfície da Lua.

— É possível que um garoto chamado Standish Treadwell esteja escondido aqui? Encontramos o que sobrou de um túnel.

Um dos mandachuvas no comando se aproxima.

— Saia! – ordena. – Agora!

— Dois suspeitos estão foragidos e acreditamos... – continua o homem do casaco de couro –, acreditamos que eles estejam com o astronauta desaparecido.

— Então o que você está fazendo aqui? – pergunta o mandachuva.

Fico exultante. Eles escaparam.

— Dez minutos para a contagem regressiva – grita o diretor com a voz retumbante, do alto da grua.

— Sugiro que você vá procurá-lo – diz o mandachuva.

Acho que ele estalou os dedos. Não importa o que tenha feito, as botas de couro que pertencem ao homem do casaco de couro sumiram.

Mesmo assim, não tenho certeza de que ele foi embora. Estou tremendo como vara verde.

Noventa e sete

— A Presidente, senhor — diz um Mosca-Verde que se aproxima de onde o mandachuva está parado. Ele lhe entrega o telefone num fio comprido.

O mandachuva pega o telefone, fica em posição de sentido e faz a saudação à Terra Mãe. Não diz uma palavra. Só faz a saudação e devolve o telefone ao guarda.

— É uma ordem da Presidente — anuncia. — A bandeira deve tremular com a brisa.

A máquina de vento é puxada até a posição certa. Todos estão a postos. A contagem regressiva começa.

Pela primeira vez, percebo Hector perto de mim.

— Não se preocupe, Standish — diz ele, baixinho. — Vamos fazer isso juntos, como sempre fizemos.

— Mas, e se eles o apanharem aqui? — pergunto.

Ele sorri.

– Não vão me apanhar.

Eu sei disso.

Noventa e oito

Puxa vida, como é que vou conseguir soltar o fio invisível, com o guarda e o homem do macacão marrom de olhos vidrados em cima de mim?

– Atenção! – grita o diretor de sua posição na grua.

Os olhos do mundo estão sintonizados, nos vendo. Num aparelho de TV, surge uma imagem da superfície lunar, com muita interferência.

O módulo de pouso faz uma alunissagem perfeita, espalhando a areia prateada. O ar soprado é mais forte do que antes, forte suficiente para criar uma tempestade de areia em miniatura. O homem de macacão marrom está maravilhado com a cena.

As portas do módulo de pouso se abrem suavemente, e lá está o astronauta. Ele desce a escada como que flutuando. O único erro é que ele pisa um centímetro para fora da pegada, mas não o suficiente para que alguém perceba.

Quando os dois pés estão no chão, ele declara:

– Isto é para provar aos inimigos da Terra Mãe que nosso domínio será eterno.

Agora começa o muito ensaiado passeio na Lua. Posso fazer isso, sei que posso. Não penso em mais nada desde que... desde que o espírito de Hector veio se postar ao meu lado.

O astronauta está meio pulando, meio andando. Pulo para cima e para baixo, pousando em cada uma das marcações.

Vai ver que é isso que faz que o Mosca-Verde e o homem do macacão marrom tirem os olhos de cima de mim. Eles estão fascinados pela TV.

O astronauta está desdobrando a bandeira. Mais um salto, e ele estará na posição certa.

– Agora, Standish, agora – diz Hector.

É aí que eu solto o fio. É aí que cumpro o meu papel.

Noventa e nove

O astronauta, que se valeu da falsa sensação de falta de peso, tomba, tropeça, cai, deixa cair a bandeira. Calculo que eu tenha menos de trinta segundos antes de ser apanhado. Subo como posso pelos degraus e saio da trincheira. Estou com o cinto na mão.

Hector está comigo. Paro na frente da câmera e estendo o cinto para que as palavras de Vovô sejam lidas. Pode ser que até mesmo ele as veja. Espero que sim.

Tudo começa com uma única voz fraca:

E aqueles pés nos tempos de outrora...

E então outras vozes se juntam. As vozes de todos os trabalhadores enchem este abatedouro:

Pisaram nos verdes montes da Inglaterra...

Cem

Por um instante, os Moscas-Verdes, o homem do casaco de couro e os mandachuvas ficam sem palavras. Este é o meu momento. Nem chega a um minuto, um rápido instante. Mas pode ser que tudo o que é necessário seja um rápido instante para mudar o curso da história. Estou na Lua. Sou a pedra. Foi destruída a Lua de larvas.

As metralhadoras começam a disparar. As balas chovem ao meu redor, como estrelas cadentes. Eu só espero que o mundo tenha me visto. Só espero que eu tenha me atirado com força suficiente no pesadelo que é a Terra Mãe. As pessoas correm em todas as direções dentro daquele monstrengo de prédio. Hector acena para mim – sei que ele encontrou a saída. O senhor Lush vem na minha direção.

– O senhor o está vendo? – falo. – Ele está logo ali.

– Quem? – ele pergunta.

– Hector.

Ziguezagueamos em meio à multidão em pânico, até Hector me mostrar a porta. Empurro a barra para baixo e nos encontramos lá fora, no amanhecer de um novo dia. Diante de nós, a Zona Sete está se erguendo da névoa.

O senhor Lush está me segurando sem saber o que fazer.

– Acompanhe Hector – digo, apontando ladeira abaixo. Fugimos correndo, rolando, jogando-nos na grama. Só agora vejo o sangue. Ele está saindo de mim.

– Consegui! Caramba, eu consegui, não foi?

– Você conseguiu, Standish, conseguiu – diz o senhor Lush. – Só aguenta mais um pouco.

Sei que estou encrencado, e acho que já aguentei o suficiente.

– Fica comigo, Standish, vai dar tudo certo.

A voz do senhor Lush parece vir de um planeta distante.

É Hector que me faz ficar em pé. Ele encontrou um carro, um enorme Cadillac, da cor de sorvete. Dá para eu sentir o cheiro do couro. Azul-claro, azul-celeste, assentos de couro azul. Hector está no banco de trás. Eu, com o braço pousado na janela aberta, a mão no volante. Estamos seguindo para casa, para a senhora Lush, em sua cozinha reluzente, com uma toalha de mesa quadriculada, numa casa onde parece que passaram aspirador na grama.

É que só na terra das Croca-Colas o sol brilha multicolorido. A vida vivida no final do arco-íris.

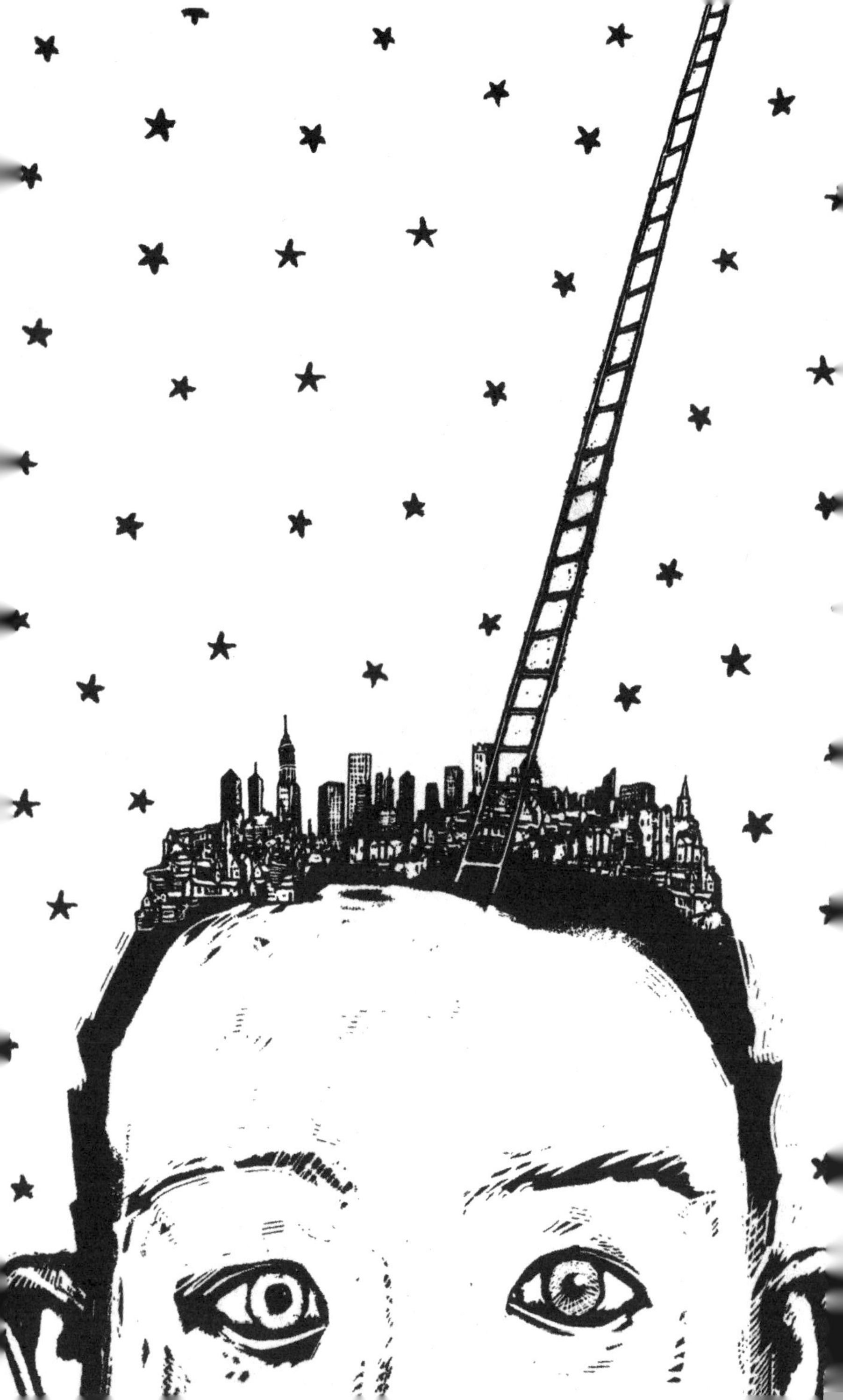